書下ろし

箱根路闇始末

はみだし御庭番無頼旅

鳥羽 亮

目次

第一章　暗殺　7
第二章　敵影　55
第三章　攻防　101
第四章　東海道　151
第五章　激闘　199
第六章　切腹　245

第一章　暗殺

1

「横谷《よこや》さま、だれもいないようです」

倉沢吉之助《くらさわきちのすけ》が、声をひそめて言った。

そこは、芝愛宕《しばあたご》下にある成沢藩《なるさわはん》八万石の上屋敷の裏門だった。倉沢は成沢藩士で、下級藩士を取り締まる下目付である。

倉沢につづいて、裏門から出てきたのは、目付の横谷庄右衛門《しょうえもん》だった。その横谷につづいて、もうひとり下目付の矢口佐助《やぐちさすけ》が姿をあらわした。

「急げ」

そう言って、横谷が足を速めた。

倉沢と矢口は、慌《あわ》てた様子で横谷の後を追った。

横谷たち三人は裏門を出ると、他の大名屋敷の脇を通って愛宕下の大名小路《だいみようこうじ》に出た。その名のとおり、道沿いに大小の大名屋敷がつづいていた。通りかかる者は、大名家に仕《つか》える家臣や中間《ちゆうげん》などが多く、町人の姿はほとんど見かけなかった。

「急げ、陽が沈むぞ」

横谷が倉沢と矢口に声をかけ、足を速めた。

七ツ半（午後五時）ごろであろうか。陽は西の空にまわっていた。大名小路には、大名屋敷の長い影がつづいている。

横谷たち三人は幸橋《さいわいばし》御門《ごもん》の前に出ると、右手に折れて汐留川《しおどめがわ》沿いの道に入った。その道を東にむかい、汐留橋を渡って三十間堀《さんじつけんぼり》沿いの道に出た。そこは、木挽町《こびきちょう》七丁目である。ぽつぽつと人影があった。夕暮れ時のせいもあって、仕事帰りの町人や自邸に帰る供連れの武士などが目につく。

「小暮《こぐれ》は、いるかな」

横谷が足早に歩きながら言った。

小暮彦三郎《ひこさぶろう》は、江戸詰の藩士だった。徒士《かち》である。こともあろうに、小暮は江戸詰の年寄《としより》、戸川《とがわ》佐兵衛《さべえ》の寝込みを襲って殺害し、藩邸から姿を消したのだ。それが、半月ほど前のことだった。

成沢藩の場合、年寄は家老に次ぐ重職で、藩邸の内政を総括している。国元にふたり、江戸にひとりいた。

「藩士のなかに、小暮の姿を見かけた者がいます。柴崎《しばさき》の住む町宿から、小暮が出てくるのを目にしたようです」

矢口が口早に言った。

柴崎安之助《やすのすけ》も、成沢藩士だった。身分は御使番《おつかいばん》である。成沢藩の場合、御使番は用人の支配下で使者の役を担《にな》っている。用人は他藩の留守居役《るすいやく》にあたり、幕府やかかわりのある他藩などと外交交渉をする。年寄に次ぐ重職といっていいだろう。

また町宿とは、藩邸内に入りきれなくなった藩士が住む、市井《しせい》の借家などのことである。

「なんとしても、小暮はわれらの手で捕らえねばな」

横谷が語気を強くして言った。

大目付の倉山重右衛門《くらやまじゅうえもん》をはじめ目付筋の者は、懸命《けんめい》に小暮の行方《ゆくえ》を追っていた。そうしたおり、小暮が柴崎の住む町宿から出てきたのを目撃した者がいて、目付筋の者に知らせたのだ。

横谷たち三人がひそかに藩邸を出たのは、小暮に与《くみ》している藩士に気付かれないためである。

「柴崎の住む町宿は、木挽橋の近くだったはずです」

倉沢が言った。

木挽橋は、三十間堀にかかっていた。

「五丁目と聞いている」

木挽町は、三十間堀沿いに一丁目から七丁目までつづいている。

「あの橋だ」

横谷が前方の橋を指差して言った。

横谷たち三人は木挽橋のたもとまで来ると、道沿いに目をやったが、建ち並んでいるのは八百屋《やおや》、傘屋、一膳めし屋など、町人相手の店が多かった。借家らしい建物は、見当たらない。

「訊《き》いた方が早いな」

横谷が言うと、

「それがしが、訊いてきます」

矢口が、足早にその場を離れた。

矢口は通り沿いにあった八百屋に立ち寄り、店の親爺《おやじ》らしい男と何やら話していたが、すぐにもどってきた。

「そこにある下駄《げた》屋の脇を入った先に、武士の住む借家があるそうです」

そう言って、矢口が通りの先を指差した。

通り沿いに、小体《こてい》な下駄屋があった。店の親爺らしい男が、下駄を手にした年増《としま》と話している。年増は客らしい。その下駄屋の脇に、路地があった。

横谷たちは、下駄屋の脇から路地に入った。そこは細い路地で、人影はすくなかった。路地沿いには小体な店もあったが、空き地や笹藪《ささやぶ》なども目についた。借家ふうの仕舞屋《しもたや》もある。

横谷は、通りかかった土地の住人らしい職人ふうの男に、

「この辺りに、武士の住む家はないか」

と、訊いてみた。

「こ、この先に、お侍《さむらい》の住む家がありまさァ」

男が、声を震わせて言った。三人連れの武士の目が自分にそそがれているので、恐れをなしたようだ。

「手間をとらせたな」

横谷が穏《おだ》やかな声で言って、三人は男から離れた。

路地を一町（約一一〇メートル）ほど歩くと、前方に借家らしい家屋《かおく》が二棟《むね》並んでいるのが見えた。二棟とも、古い建物だった。

「近付いてみますか」

倉沢が横谷に訊いた。

「待て、下手に近付いて小暮たちに気付かれると、逃げられるぞ。近付く前に、どちらの家に小暮たちが住んでいるか摑《つか》んでからだ」

横谷はそう言って、路地の先に目をやった。

都合よく、母親らしい女が幼子の手を引いてこちらに歩いてくる。横谷は、母子が近付くのを待って、どちらの家に武士が住んでいるか訊くと、手前の家とのことだった。

「いまも、家にいるかな」

横谷は、母親らしい女に訊いてみた。

「いるようですよ。家から、話し声が聞こえましたから」

母親らしい女はそう言って、幼子の手を引いてその場から離れた。

2

「どうします。小暮と柴崎のふたりとも、家にいるようですが」

倉沢が横谷に訊いた。

「相手はふたりか。……柴崎がどうでるかだな」

横谷は、御使番の柴崎が小暮を守ろうとして抵抗すれば、三人でふたりを相手にしなければならないと思った。

「御使番の柴崎が、われらに切っ先をむけることはないと思いますが」

矢口が言った。

「そうだな。柴崎が小暮を守ろうとして、われらに切っ先をむければ、小暮と同罪になり、切腹ぐらいではすまなくなるからな。……柴崎は年配だし、その辺の分別はあるだろう」

横谷の胸のなかには、仮に柴崎が歯向かっても、相手がふたりなら後《おく》れをとるようなことはないという読みもあった。

「踏み込みますか」

倉沢の双眸《そうぼう》が、強いひかりを宿していた。闘う気になっているようだ。

「よし、踏み込もう」

横谷が強いひびきのある声で言った。

横谷は、念のために刀の目釘《めくぎ》を確かめ、袴《はかま》の股立《ももだち》を取った。倉沢と矢口も、横谷と同じように闘いのための支度《したく》をした。

このとき、柴崎たちのいる家の脇から男がひとり、闘いの支度をしている横谷たちに目をやっていた。茶の腰切り半纏《ばんてん》に黒股引《ももひき》。手拭《てぬぐ》いで頬《ほ》っかむりしている。左官か屋根葺《ふ》き職人のような格好《かっこう》である。

男は横谷たち三人が借家の方に近付いていくと、反転して借家の陰《かげ》に姿を消した。職人とは思えないすばやい動きである。

横谷たち三人は、借家の脇にいた職人ふうの男には気付かなかった。足早に、借家へむかっていく。

横谷たちは手前の借家の前まで来ると、足をとめて路地の左右に目をやった。幸《さいわ》い付近に人影はなかった。一町ほど先に、ふたり連れの職人ふうの男が歩いているだけである。横谷たちは、足音を忍ばせて家の戸口に近付いた。板戸がしまっていたが、家に柴崎たちがいるので、戸締まりはしてないはずだ。

三人は戸口に近付くと、板戸に耳を寄せた。家のなかからくぐもったような話し声が聞こえた。話の内容は聞き取れなかったが、武家言葉であることが知れた。柴崎と小暮が話しているようだ。

「開けるぞ」

横谷が声を殺して言い、板戸を引いた。

戸は重い音をたててあいた。家のなかは、薄暗かった。敷居につづいて狭い土間があり、その先が座敷になっていた。

座敷に、ふたりの武士が座していた。ふたりは横谷たちの姿を目にすると、すぐに脇に置いてあった刀を手にして立ち上がった。柴崎と小暮である。

「目付筋の者か!」

柴崎が声高《こわだか》に言った。

歳は三十がらみ、面長《おもなが》で浅黒い顔をしていた。双眸が、戸口にいる横谷たち三人にむけられていた。細い目が、うすくひかっている。

「小暮彦三郎、われらと同行してもらいたい。訊きたいことがある」

横谷が小暮を見据《みす》えて言った。

小暮は戸口に姿を見せた横谷たち三人に目をむけた。その口許《くちもと》に薄笑いが浮いていた。浅黒い顔をした剽悍《ひょうかん》そうな男である。

「おれを、ここから連れ出せるかな」

小暮が言った。

「われらに、楯突《たてつ》く気か!」

横谷の声に、怒りのひびきがあった。

「おれは、おぬしらに手出しするつもりはないが、おぬしら三人は、藩邸には帰れそうもないぞ」

そう言った後、小暮の目が戸口の外にむけられた。かすかに、ひとの近付く気配がした。横谷が背後を振り返った。男がふたり、戸口の向こうに見えた。ふたりとも、半纏に股引姿だった。すこし腰を屈《かが》め、忍び足で近付いてくる。まるで、獲物に迫る狼《おおかみ》のようである。

「かかったな」

小暮が薄笑いを浮かべ、手にした刀を抜いた。

横谷はこの場にいては、背後からくるふたりと、座敷にいる小暮たちふたりに挟み撃ちにされると察知し、

「外へ出ろ！」

と、倉沢と矢口に声をかけ、戸口から飛び出した。

横谷たち三人が戸口から出て、前方から来るふたりにあらためて目をやったときだった。家の両脇から何か飛来する音がし、倉沢と矢口が低い呻《うめ》き声を上げて身をのけ反《ぞ》らせた。倉沢の背と矢口の二の腕に、何か刺さっている。棒手裏剣《ぼうしゆりけん》だった。

「脇にもいる！」

思わず、横谷が声を上げた。

家の両脇にも、前方から走り寄るふたりと同じ装束《しょうぞく》の男がいた。ふたりとも、棒手裏剣を手にしていた。さらに、棒手裏剣を打とうとして身構えている。

横谷が前方にいるふたりに目をもどしたとき、棒手裏剣の飛来する音がした。次の瞬間、横谷は胸に強い衝撃を感じた。

棒手裏剣が胸に刺さっている。

「忍びだ!」

横谷は声を上げ、刀を手にしたまま前方のふたりに駆け寄ろうとした。だが、体がよろめいた。

そこへ、前方から迫ってきたふたりが打った棒手裏剣が、横谷の腹と右肩に突き刺さった。

横谷は手にした刀を取り落とし、呻き声を上げた。胸から血が噴《ふ》き、横谷は立っていられなくなった。最初の棒手裏剣が、横谷の心ノ臓をとらえたらしい。

横谷は腰からくずれるように転倒した。倉沢と矢口も、何本もの棒手裏剣を浴びて、戸口近くに転倒した。

そこへ、四人の忍者と座敷にいた柴崎と小暮が近寄ってきた。

「さすが、忍びの者たちだ」

柴崎が驚いたような顔をして言った。

四人の忍者は、無言のまま倒れている横谷たち三人に目をやった。

「後は、ふたりに任せる」

と、正面に立った男が柴崎たちに言い、「引くぞ」と他の三人の忍者に声をかけて、その場を離れた。

四人の忍者は借家の脇にまわり、すぐにその姿を消した。

3

向井泉十郎《むかいせんじゆうろう》は、ひとりで古着屋の奥の小座敷に座って茶を飲んでいた。朝餉《あさげ》の後、自分で茶を淹《い》れたのである。泉十郎は古着屋の親爺で、ひとり暮らしだった。めしも茶も、自分で支度する。

泉十郎の住む古着屋は、神田小柳町《かんだこやなぎちよう》にあった。店の名は鶴沢屋《つるさわや》だが、店名を知る者はわずかである。

泉十郎は、小袖《こそで》に角帯《かくおび》、袖無し羽織《ばおり》姿だった。その身支度は、どこから見ても古着屋の親爺である。向井泉十郎という名からして、古着屋の親爺にしてはおかしいが、これには理由があった。泉十郎は幕府の御庭番のひとりだった。武士であることを隠して、古着屋に身を変えていたのである。むろん、古着を買いにきた客に、本名を名乗ったりはしない。もっとも、滅多《めった》に客は来なかったし、客に名を訊かれるようなこともなかった。

泉十郎は、五十がらみだった。初老といっていい歳頃だが、その身辺には覇気《はき》があり、老いは感じさせなかった。中背《ちゅうぜい》で胸が厚く、どっしり腰が据わっていた。剣の修行で鍛《きた》えた体である。

泉十郎は心形刀流《しんぎょうとうりゅう》の遣《つか》い手だった。神田松永町《まつながちょう》にあった伊庭軍兵衛《いばぐんべえ》の道場で、少年のころから修行したのだ。忍びの術もひととおり身につけてはいたが、剣ほどではない。

そのとき、古着屋の戸口で足音がし、店の土間に竹竿《たけざお》をわたして吊《つる》してある古着の間から男がひとり、姿を見せた。

……兵助《ひょうすけ》か。

泉十郎は、男のことを知っていた。泉十郎たち御庭番と幕府との繋《つな》ぎ役をしている兵助という男だった。身分は武士らしいが、町人のような格好をしていた。兵助は健脚で駿足《しゅんそく》だった。それで、仲間うちでは、疾風《はやて》の兵助と呼ばれている。

「旦那《だんな》、客はいやすか」

兵助が小声で訊いてきた。客がいれば、泉十郎と御庭番の仕事の話はできないのである。

「店にいるのは、おれだけだ」

泉十郎が小声で言った。

「また、土佐守《とさのかみ》さまがお呼びで」

兵助が泉十郎に身を寄せて言った。

兵助が口にした土佐守とは、相馬《そうま》土佐守勝利《かつとし》のことで、幕府の御側御用取次《おそばごようとりつぎ》の任にあった。本来、御庭番は将軍直属の隠密《おんみつ》であったが、実際には御側御用取次が御庭番を出頭させ、将軍の意を受けて任務を命ずることが多かった。

御側御用取次は、将軍の側《そば》にいることが多い幕府の重臣で、三人がその任についていた。相馬はそのひとりである。

ただ、泉十郎は他の御庭番とはちがっていた。相馬に呼び出され、遠国《おんごく》への秘行を命ぜられることがほとんどだった。それに、限られたふたりの御庭番といっしょに仕事をし、他の御庭番と組むようなことはなかった。そのふたりとは、居合《いあい》の遣い手植《うえ》女京之助《めきようのすけ》と、変化《へんげ》のおゆらと呼ばれる女の御庭番である。

また、泉十郎たち三人は武家屋敷には住まず、市井に身を隠していた。家族も、いるのかいないのかはっきりしない。そうしたこともあって、他の御庭番たちは、泉十郎たちのことを「はみだし者」とか「はみだし庭番」などと陰で揶揄《やゆ》していた。

兵助は御庭番ではなく相馬の配下で、相馬と泉十郎たちとの繋ぎ役だった。ただ、状況によっては、泉十郎たちの連絡役として密行にくわわることもあったが、滅多に江戸を離れることはない。

「お屋敷に、うかがう日は」

泉十郎が訊いた。

「明後日《あさって》、亥《い》ノ刻（午後十時）」

兵助が小声で答えた。

「場所は」

「土佐守さまのお屋敷のいつもの場所で」

「それで、植女もいっしょか」

「へい、これから植女の旦那にも知らせやす」

「心得た」

泉十郎は、おゆらのことは訊かなかった。土佐守は、泉十郎たちといっしょにおゆらを屋敷に呼ぶことはなかったのだ。

「では、これにて」

兵助は立ち上がり、古着屋の戸口にむかった。

兵助が古着屋に姿を見せた二日後、泉十郎はひとりで古着屋を出ると、神田小川町《おがわまち》にむかった。相馬の屋敷は小川町にあった。

すでに、五ツ半（午後九時）ちかくだった。頭上で星がまたたき、通りは月光に照らされていた。辺りに人影はなく、道沿いの家々はひっそりとして夜の帳《とばり》につつまれている。泉十郎は闇に溶ける茶の筒袖と裁着袴《たつつけばかま》姿で、脇差《わきざし》だけを帯びていた。忍び装束といっていい。深更、相馬家の屋敷を訪れるときは、相馬家に仕える家士《かし》や奉公人たちに気付かれないように、闇に溶ける装束に身をつつむことが多かった。

泉十郎は歩きながら植女を探したが、それらしい姿はなかった。

相馬家の屋敷は、小川町の一ツ橋《ひとつばし》通りにあった。泉十郎が一ツ橋通りに入って、いっとき歩いたとき、背後から近付いてくる足音を耳にした。

振り返ると、夜陰《やいん》のなかに人影があった。植女である。植女は忍び装束ではなかったが、闇に紛《まぎ》れる茶の小袖と裁着袴で、顔も茶の頭巾《ずきん》で隠していた。

植女は二十代半ばだった。面長《おもなが》で、切れ長の目をしていた。端整《たんせい》な顔立ちなのだが、いつも憂《うれ》いの翳《かげ》があった。幼いころ父母を亡くし、叔父《おじ》の家で育てられたせいかもしれない。泉十郎と植女は顔を合わせたが、無言のままだった。ふたりとも、相馬に御庭番としての仕事を命じられることを知っていたのだ。

相馬家は、八千石の大身《たいしん》だった。夜陰のなかに、門番所付の豪壮な長屋門が辺りを圧していた。堅牢《けんろう》な門扉《もんぴ》はとざされ、辺りに人影はなかった。

泉十郎と植女は、屋敷の脇の通りを裏手にむかった。裏門の脇のくぐりが、泉十郎たちのためにあいているはずだった。相馬は泉十郎たちを屋敷に呼ぶおり、家士に命じてくぐりをあけておくのだ。

泉十郎と植女は、くぐりから敷地内に入った。屋敷は夜陰につつまれていたが、灯の洩《も》れている場所もあった。屋敷の表の方と廊下である。

泉十郎と植女は、家士たちの住む長屋の脇を通り、表屋敷の中庭に入った。泉十郎たちが相馬と会うときに使われる書院は、中庭に面したところにあった。

4

「灯の色がある」

泉十郎が声をひそめて言った。

中庭に面した座敷の障子《しょうじ》が、ぼんやりと明らんでいた。相馬が泉十郎たちと会うとき、その書院が使われるのだ。家族の住む奥や家士たちの住む長屋からも離れていて、密談の場にはいいらしい。

泉十郎と植女が中庭に入り、明らんだ障子に目をやると、ぼんやりと人影が映っていた。相馬らしい。

泉十郎たちは足音を忍ばせて書院に近付き、中庭に面した濡《ぬ》れ縁《えん》の前まで行って片《かた》膝《ひざ》を地面に付けると、

「土佐守さま、向井泉十郎でございます」

と泉十郎が名乗り、

「植女京之助にございます」

と、つづいた。

すぐに、障子の向こうでひとの立ち上がる気配がし、障子があいて相馬が姿をあらわした。相馬は、小袖に角帯という寛《くつろ》いだ格好をしていた。

相馬は五十がらみだった。痩身《そうしん》で華奢《きゃしゃ》だが、顔は面長で鼻梁《びりょう》が高く、眼光が鋭《するど》かった。幕政の屋台骨を背負っている能吏《のうり》らしい顔付きである。その顔が、月光のなかに青白く浮き上がって見えた。

「夜分、ご苦労だな」

相馬は、泉十郎たちに声をかけた後、

「その方《ほう》たちに頼みがある」

と、声をあらためて言った。

「なんなりと、おおせつけくだされ」

そう言って、泉十郎が頭を下げると、植女も無言のまま低頭した。

「駿河《するが》の成沢藩を知っているか。八万石だ」

相馬が言った。

「名だけは、聞いております」

以前、泉十郎たちは駿河の大名の騒動を始末するため、相馬の命で駿河にいったことがあった。そのとき、成沢藩のことも耳にしたのである。ただ、領内に入ったことはなかった。

「実はな、成沢藩の江戸家老、丹沢弥左衛門《たんざわやざえもん》どのから内密で話があったのだ」

相馬はそう前置きし、さらに話をつづけた。

「江戸詰の年寄の戸川佐兵衛なる者が、藩士のひとりに暗殺されたらしい。その藩士の名は、聞いておらぬ。……年寄といえば、家老に次ぐ重職だからな。見方によっては、お家騒動といってもいい」

相馬はそう言った後、一息ついた。

「丹沢どのとは、面識があってな。それで、丹沢どのは、幕府にお家騒動とみなされ、何らかの処罰を受ける前に、わしの耳に入れたらしい。年寄が藩士に殺されたからといって、幕府として藩を処断するようなことはないが、丹沢どのは、先に手を打ったのだろう」

泉十郎と植女は、口をはさまずに相馬の話を聞いている。

「いまのところ年寄が殺されただけらしいが、今後、天下に知れ渡るような大きな騒動になるかもしれぬ。それで、丹沢どのにな、近いうちにわしの手の者をやるので、使ってくれと、話したのだ」

相馬は泉十郎と植女に目をやり、

「まず、成沢藩の上屋敷内で丹沢どのと会い、事情を訊くがよい。丹沢どのも、そちたちのことは承知しているはずだ」

と、言い添えた。

「心得ました」

泉十郎が低頭した。泉十郎たちにとって、めずらしいことではなかった。これまでも遠国御用のおりに相馬の指示で、江戸の藩邸内で騒擾《そうじよう》にかかわっている者から話を訊くことが多かったのだ。

「おゆらにも、話しておく。騒動は藩邸内だけでは収まらず、駿河まで出向くことになるやもしれぬ」

相馬はそう言った後、さらにつづけた。

「そのときは、兵助に話してくれ」

相馬は、泉十郎たちが藩の騒動を収めるために遠国に出向くおりには、相応の金子《きんす》を渡していたのだ。

「承知しました」

泉十郎が言い、植女とふたりで深く低頭した。

泉十郎と植女は相馬の屋敷から出ると、来た道を引き返した。小川町の一ツ橋通りは深い夜陰につつまれていた。大名屋敷から洩れる灯の色はなく、闇のなかに屋敷の黒い輪郭《りんかく》だけが折り重なるように見えていた。

「向井どの、此度《こたび》の件だが、どうみる」

歩きながら、植女が訊いた。

「相馬さまは、藩士のひとりが年寄の戸川佐兵衛さまを斬ったと話されていたが、その藩士はまだ捕らえられていないようだ」

泉十郎は、捕らえられていれば、成沢藩の江戸家老が幕府の御側御用取次の相馬にわざわざ話すことはないとみたのだ。

「何者か知れないが、そやつ、江戸市中に潜伏しているとみていいな」

植女が言った。

「それに、藩内に仲間がいるはずだ」

泉十郎は、藩士の私怨《しえん》でもなければ、酒に酔って斬り殺したというような突発的な事件でもないとみた。

「藩士たちの間に、藩を二分するような対立があるのかもしれぬ」

植女がつぶやくような声で言った。

ふたりはそんなやり取りをしながら、小柳町の近くまで来ていた。

「いつ、成沢藩の上屋敷にいく」

泉十郎が植女に訊いた。

「早い方がいいかもしれんが、相馬さまの口振りでは、まだおゆらには話してないようだったな」

植女が言った。

「相馬さまが、おゆらに話してからにするか」

泉十郎は、おゆらも藩邸に行く気があれば、同行しようと思った。

5

泉十郎が植女と相馬の屋敷へ出かけた三日後。暮れ六ツ（午後六時）が過ぎ、泉十郎が古着屋の表戸をしめていると、植女が顔を出した。

「なかで、話すか」

泉十郎が声をかけた。

「いや、ここでいい。……昨日、おゆらと会ったのだ」

植女によると、家を出たとき、おゆらとばったり顔を合わせたという。

植女は神田平永町《ひらながちょう》の借家に住んでいた。平永町は、泉十郎の住む古着屋のある小柳町と隣接している。

植女は、おきぬという女とふたりで住んでいた。植女はおきぬのことは何も話さなかったが、女房ではなく情婦《いろ》らしかった。泉十郎もそうだが、遠国御用を仰《おお》せつかる御庭番は女房、子供をもつことは難しいのだ。

「それで、おゆらは相馬さまから話を聞いたのか」

「聞いたらしい」

植女が言った。

「おゆらも、成沢藩の上屋敷に連れていくか」

「そのことを、おゆらに訊いてみたのだがな。おゆらは、藩邸にはいっしょに行くが、成沢藩の者とは会わないとのことだ」

「そうか」

めずらしいことではなかった。おゆらは、女だと知られることを嫌い、これまでも表には出ずに陰で動くことが多かったのだ。

「藩邸には、いつ行く」

植女が訊いた。

「早いほうがいいな。明日にも、おれと植女とで、成沢藩の藩邸に行こう」

「承知した」

植女は、「明日の夕方、また来る」と言い残し、古着屋の店先から離れていった。

翌日の暮れ六ツ（午後六時）過ぎ、植女が古着屋に姿を見せた。植女は茶の小袖に同色の裁着袴姿だった。腰に大刀だけを帯びていた。植女は居合を遣うので、大小を差すことはすくなかった。

泉十郎も、闇に溶ける紺の小袖と袴姿だった。成沢藩の藩邸に忍び込むためである。すでに、泉十郎は愛宕下にある成沢藩上屋敷に出向いて、通りかかった中間から、江戸家老の丹沢が藩邸内の小屋に住んでいることをつきとめていた。小屋といっても、藩邸内にある重臣用の独立した屋敷である。

泉十郎と植女は、夕闇につつまれた人気《ひとけ》のない裏路地や新道をたどって愛宕下にむかった。成沢藩上屋敷の表門の近くまで来たとき、ふたりは背後から近寄ってくる足音を耳にした。

……おゆらだ。

泉十郎は、その足音からおゆらだと分かった。

泉十郎と植女は、路傍《ろぼう》の築地塀《ついじべい》に身を寄せて、おゆらが近付くのを待った。いっときすると、おゆらの顔だけが闇のなかに浮かび上がったように見えた。おゆらも闇に溶ける忍び装束に身をかためている。

「遅かったねえ」

おゆらが小声で言った。どうやら、おゆらは、藩邸近くで泉十郎たちが来るのを待っていたようだ。

「おゆら、おれたちといっしょに江戸家老の丹沢さまに会わないのか」

泉十郎が、念を押すように訊いた。

「あたし、遠慮しておく。ひとりで、屋敷内の様子を探ってみるつもりで来たんですよ」

おゆらはそう言って、築地塀の近くに立っている植女に身を寄せ、

「植女の旦那、後で話を聞かせて」

と、甘えるような声で言い、肩先を植女の二の腕辺りに押しつけた。

「うむ……」

植女は顔をしかめて、おゆらから身を離した。

「また、つれない顔をして。……でも、そういう植女の旦那の顔も、わたし好きだよ」

おゆらは、口許に笑みを浮かべて言った。

おゆらは植女と顔を合わせると、まるで好き合った者同士のような態度をとることが多かった。端整な顔立ちの植女を好いているのか、無口の植女をからかっているのかよく分からない。

おゆらの年齢は、はっきりしなかった。若くはなく、三十半ばかもしれない。だれと、どこに住んでいるのかも分からない。ただ、おゆらは女とは思えない忍びの術を身につけていた。御庭番のなかでも変装の名人として知られ、仲間内では変化のおゆらと呼ばれている。

泉十郎たちは、藩士たちの住む長屋に沿って藩邸の裏手にむかった。侵入しやすい場所を探したのである。

裏門近くまで行くと、長屋がとぎれて築地塀になった。

「この辺りなら、簡単に越えられますよ」

おゆらはそう言って、腰に帯びていた刀の長い下げ緒《さ お》の端を手で摑んでから、鞘《さや》を築地塀に立て掛けた。大きな鍔《つば》である。そこに爪先《つまさき》をかけて、築地塀に跳び上がるのだ。

「あたし、先に行くよ」

おゆらは、刀の鍔に爪先をかけて跳び上がった。一瞬、夜陰におゆらの姿が飛翔したかのように見えた。次の瞬間、おゆらは築地塀の上に立っていた。そして、握《にぎ》っていた下げ緒を手繰《たぐ》り寄せて、刀を摑んだ。

「あたしが、切り戸をあけますよ」

おゆらはそう言い残し、築地塀の向こう側に飛び下りた。かすかに、着地音が聞こえたが、屋敷内にいる藩士たちに気付かれるような音ではなかった。

「おゆらが、切り戸をあけてくれるらしい」

泉十郎たちは、裏門の脇に切り戸があるのを目にしていたのだ。

泉十郎と植女が切り戸の前まで行くと、戸があいた。泉十郎たちはすぐに切り戸からなかに入った。

そこは、藩邸の裏手だった。まだ起きている者がいるらしく、かすかに灯の色があった。

「ご家老の住む小屋を探すのだ」

泉十郎たち三人は、足音を忍ばせて築地塀の脇を通り、さらに藩士たちの住む長屋の脇まで行った。

「あれではないか」

植女が指差した。

表門を入った先の右手に小屋があった。小屋といっても屋敷である。ただ、大身の旗本の住むような大きな屋敷ではない。それでも、三、四間あろうか。灯の洩れている部屋もあった。

「あれだな」

泉十郎が言った。藩邸内の小屋は他にもあったが、さらに小体だった。

「あたしは、ここまでだね」

おゆらが小声で言って、泉十郎たちから離れた。おゆらの姿は、夜陰に呑《の》まれるように消えていく。

「近付いてみよう」

泉十郎と植女は、忍び足で小屋に近付いた。

6

泉十郎と植女は、灯の洩れている部屋の前へまわった。部屋の前に濡れ縁があり、その先の障子が明らんでいる。

泉十郎たちは足音を忍ばせて濡れ縁に身を寄せると、腰を屈《かが》めて聞き耳をたてた。障子のむこうで、男の話し声が聞こえた。三人いるらしい。会話のなかで、「ご家老」と「倉山」と呼ぶ声が聞こえた。どうやら、座敷には江戸家老の丹沢と倉山という名の男がいるらしい。もうひとりは、名も身分も分からなかった。

泉十郎は植女に、おれが声をかける、と声を殺して伝えてから、

「丹沢さま」

と、小声で言った。

すぐに、座敷のなかの話し声がやんだ。部屋にいる三人は、外の気配をうかがっているらしかったが、ひとの立ち上がる気配がし、障子に近付いてくる足音がした。足音は障子のむこうでとまり、

「何者だ」

と、鋭いひびきのある声で誰何《すいか》した。

「幕府のさるお方に、仰せつかって参った者にございます」

泉十郎は、相馬の名も御側御用取次の役名も口にしなかった。家老の丹沢なら、名や役名を出さなくても分かるはずである。

すると、座敷から、

「玄関から入ってもらってくれ」

と、男の声がした。丹沢らしい。

障子があいて、瘦身の武士が顔を出し、

「玄関から入ってもらえまいか」

と、泉十郎と植女に目をやって言った。

「心得ました」

泉十郎が言い、ふたりはすぐに小屋の玄関にむかった。

玄関に迎えに出た瘦身の武士の案内で、泉十郎と植女は話し声の聞こえた部屋に入った。座敷にはふたりの武士が座していた。床の間《とこま》を背にして正面に座っていたのは、大柄な年配の武士だった。先程声の聞こえた江戸家老の丹沢弥左衛門らしい。

泉十郎と植女は、あいていた丹沢の右手に座した。

「わしが、江戸家老の丹沢だ」

正面に座した男が、あらためて名乗った。

つづいて、丹沢の左手に座していた中年の武士が、

「大目付の倉山重右衛門にござる」

と、名乗った。

さらに、泉十郎たちを玄関まで迎えにきた武士が、

「目付の山村桑三郎《やまむらそうざぶろう》です」

と、つづいた。

「それがしは、幕臣の向井泉十郎にございます」

泉十郎は名を口にしただけで、身分や任務も話さなかった。すでに、丹沢は相馬から泉十郎たちのことを聞いていると思ったからである。

「それがし、植女京之助です」

植女も、名乗っただけだった。

丹沢は泉十郎と植女が名乗るのを待って、

「ふたりは、わが藩の年寄の戸川佐兵衛が、藩士のひとりに暗殺された話を聞いているかな」

と、切り出した。

「くわしいことは存じませんが、戸川どのが殺されたことだけは知っています」

泉十郎が答えた。

「だれが殺したか、分かっているのだ。戸川を殺したのは、小暮彦三郎という江戸詰の徒士でな、戸川の寝込みを襲って殺したようだ」

丹沢の声に、怒りのひびきがあった。

泉十郎と植女は、黙って聞いていた。

「殺されたのは、戸川だけではない」

さらに、丹沢が言った。

丹沢が話したことによると、小暮の行方を追っていた目付の横谷庄右衛門、それに下目付の倉沢吉之助と矢口佐助が殺されたという。

「小暮が、三人を殺したのですか」

泉十郎が訊いた。ひとりで、目付筋の三人を殺したとなると、相当の剣の手練《てだれ》とみなければならない。

「それが、小暮ひとりではないらしい」

丹沢が脇に座していた目付の山村に目をやり、「山村から話してくれ」と小声で指示した。

「小暮が身を隠していたのは、御使番の柴崎安之助なる者の町宿でしたが、殺された横谷どのたち三人は、その町宿に様子を見に行ったのです。むろん、その場で捕らえられるようであれば、捕らえるつもりだったはずです」

山村はそこまで話すと、いっとき間を置いてから、

「横谷どのたちは、忍者に襲われたようです」

と、顔を厳しくして言い添えた。

「忍者！」

思わず、泉十郎が聞き返した。

「そうです。殺された横谷どのたちの体に残っていた傷は、いずれも棒手裏剣によるものと分かりました」

山村によると、殺された横谷たちの体に棒手裏剣は残されていなかったが、棒手裏剣がひとつだけ、付近の叢《くさむら》に落ちていたという。その棒手裏剣と横谷たちの体に残された傷から、忍者に襲われたことが判明したそうだ。

「その忍者たちは、何者です」

泉十郎が、身を乗り出すようにして訊いた。植女の顔にも、驚いたような色があった。

「実は藩士たちのなかに、谷隠流《やがくれりゅう》なる忍びの術を身につけた者がいるのです」

「谷隠流ですか」

諸国の忍びに詳しい泉十郎でさえ初めて聞く流派だった。植女も知らないらしく、首をかしげている。

「谷隠流はわが藩の領内に伝わるもので、藩士のなかでも身につけた者は、そう多くはいません」

そう前置きして、山村が話し出した。

7

山村によると、成沢藩領内の山間《やまあい》の地に谷隠流の道場があるという。道場といっても、猟師の家の一部を改装しただけのもので、多くの修行は山間の林のなかや渓流《けいりゅう》の岸などを使って行われていた。

谷隠流の指南をしていたのは、玄斎《げんさい》という修験者《しゅげんじゃ》だった。玄斎は諸国を修行して歩いているおり、紀州《きしゅう》の山間の地で伊賀《いが》の流れを汲《く》む忍びの術を会得《えとく》した泉覚《せんかく》なる者と出会い、その弟子となって修行をつづけた。泉覚が病死した後、玄斎は諸国を旅して歩き、駿河の地に来て、成沢藩の領内に谷隠流の道場をひらいたという。

谷隠流の道場では、忍びの術だけでなく剣も指南した。そのため、藩士のなかには剣の修行のため道場に通う者もいるそうだ。

「谷隠流の門弟たちは土地に住む猟師、郷士《ごうし》、それに、山方《やまかた》の子弟でして、藩士のなかでも一部の者です」

成沢藩の場合、山方は藩有林の保全や監査にあたっている。また、山方は徒士からその任に就《つ》く者が多いという。そのため、徒士のなかにも、谷隠流を身につけている者がいるそうだ。

「すると、山方の者で谷隠流を身につけた者が、江戸に出て横谷どのたち三人を襲って殺したわけですか」

泉十郎が念を押すように訊いた。

「そうみています」

山村が厳しい顔をして言った。

そのとき、黙って話を聞いていた植女が、

「小暮が身を隠していたのは、御使番の柴崎安之助なる者の町宿と聞きましたが」

と、抑揚《よくよう》のない声で訊いた。

「そうです」

山村が答えた。

「その柴崎は、いまは御使番としての任務を果たしているのですか」

「それが、柴崎も姿を消しました」

山村の顔を憂慮の翳《かげ》が覆《おお》った。

次に口をひらく者がなく、重苦しい沈黙につつまれたとき、

「ともかく、小暮と柴崎の居所を摑まねばならぬな」

倉山が言った。

「お訊きしたいことがあるのですが」

泉十郎がその場にいた丹沢と倉山に目をやって言った。

「何かな」

丹沢が泉十郎に顔をむけた。

「小暮は徒士の身で、なにゆえ、年寄の戸川さまを襲って殺したのです。何か理由があるはずですが」

泉十郎は、小暮の一存で戸川を襲ったのではなく、背後に藩の重臣がいるのではないかとみたのだ。

「われらにも同じ思いがあり、小暮の背後を探ってみたのだ」

丹沢はそう口にした後、倉山に目をやり、「倉山から、話してくれ」と、言い添えた。

「それが、これといった者は浮かんでこないのだ。黒幕は藩邸内にいる者とみている

のだが……。黒幕をつき止めるためにも、小暮を生きたまま捕らえたいのだが、行方も分からぬ」

　倉山が話し終えると、

「姿を消した小暮と柴崎は、まだ江戸にとどまっているとみていますか」

　さらに、泉十郎が訊いた。

「とどまっているとみている。柴崎の他にも、小暮に味方している藩士がいるはずなのだ。それに、谷隠流の忍者たちも、いまも江戸市中に潜伏しているにちがいない」

　倉山が語気を強くして言った。

　倉山が口をとじると、座敷はいっとき静まったが、

「いずれにしろ、何か大きな騒動が起こる前に、小暮や柴崎を捕らえたいのだ。向井どの植女どの、われらに手を貸してくれまいか」

　丹沢が念を押すように言った。

「われらは、そのつもりで来ました」

　泉十郎が言うと、植女もうなずいた。

　丹沢の住む小屋での話はそれで終わり、泉十郎と植女は、大目付の倉山、目付の山村とともに小屋を出た。

小屋の外は深い夜陰につつまれていた。倉山は己の住む小屋の近くまで来ると、足をとめ、

「今後、どう動くつもりかな」

と、訊いた。泉十郎たち幕府の御庭番の動きを知りたかったようだ。

「まず、ここにいる山村どのから、藩の目付筋の者たちの動きと、いま目をつけている藩士のことをお訊きしたいが」

泉十郎は、藩の目付たちが、小暮や柴崎の身辺を洗い、何か摑んでいるとみていたのだ。

「向井どのたちの手を借りる以上、こちらで摑んでいることは、隠さずに話しておかねばならないな」

倉山はそう言った後、そばにいる山村に、「話してくれ」と指示した。

「ひとりだけ、小暮とかかわっていたと思われる徒士を摑んでいます」

山村が言った。

「そやつ、藩邸内にいるのか」

泉十郎が身を乗り出すようにして訊いた。

「はい、ですが、藩邸を出ることが多いのです。それも、暮れ六ツ（午後六時）ちか

くなってから藩邸を出て、翌日帰ってくることもあります」

山村が、徒士の名は島田弥三郎《しまだやさぶろう》だと言い添えた。

「島田の行き先を探ったことは」

泉十郎が訊いた。

「二度、跡を尾《つ》けましたが、うまくまかれました。島田は尾行されぬように、藩邸を出るときは用心しているようです」

「島田を、われらが尾行してもいいが」

泉十郎が、「藩士ではない者が尾行すれば、島田に気付かれないかもしれない」と言い添えた。

「おふたりに、お願いできればありがたい」

話を聞いていた倉山が言った。

8

翌日、ふたたび泉十郎と植女は愛宕下の成沢藩上屋敷近くにきていた。そこは、他の大名屋敷の築地塀の陰だった。その場に身を隠し、島田が姿をあらわすのを待っていたのだ。

昨日、泉十郎と植女は、山村から、島田はいつも暮れ六ツ（午後六時）ちかくになってから藩邸を出て、愛宕下の大名小路を北にむかうと聞いていたのだ。

「そろそろ、陽が沈むな」

泉十郎が西の空に目をやって言った。

まだ暮れ六ツ前だが、陽は沈みかけていた。大名屋敷の長い影が、通りを覆っている。

山村は姿を見せなかった。泉十郎たちは島田を見たことがなかったので、島田が藩邸を出たら山村が知らせにくることになっていたのだ。

それからいっときして、成沢藩の上屋敷に目をやっていた植女が、

「山村どのだ」

と、通りの先を指差して言った。

「島田が、藩邸を出たのかもしれぬ」

泉十郎は大名小路に目をやったが、それらしい武士は目にとまらなかった。

山村は泉十郎たちに歩を寄せると、

「今日は、藩邸を出ないようだ」

と、済まなそうな顔をして言った。

山村によると、小半刻（三十分）ほど前、島田は他の徒士の住む藩邸内の長屋に入り、いっしょに貧乏徳利《びんぼうどつくり》の酒を飲み始めたという。山村が長屋の前を通って、島田と徒士のやり取りを耳にして分かったそうだ。

「また、明日だな」

泉十郎と植女は、山村と別れて大名小路を北にむかった。こうしたことは、御庭番にとって珍しいことではなかった。五日でも十日でも根気よく張り込むのが、御庭番の仕事のひとつである。

翌日も、泉十郎たちは同じころ同じ場所に立って、島田が姿を見せるのを待った。ふたりが、その場に立って小半刻も経ったろうか。

「来たぞ、山村どのだ」

泉十郎が言った。

山村が、小走りにこちらにむかってくる。そして、泉十郎たちのそばに来ると、

「島田が、藩邸を出た！」

と、声高に言った。顔が紅潮《こうちよう》していた。急いで来たらしい。

泉十郎たち三人が築地塀の陰で待つと、通りの先に羽織袴姿の武士が見えた。供も

連れもなく、ひとりである。

「あやつが、島田だ」

山村が指差して言った。

長身瘦軀《そうく》だった。三十がらみであろうか。腰が据わり、身辺に隙《すき》がなかった。剣の遣い手とみていいようだ。

島田は、足早に泉十郎たちの前を通り過ぎていく。島田が半町（約五五メートル）ほど離れたとき、泉十郎、植女、山村の三人は、築地塀の陰から通りに出た。

泉十郎が先にたち、すこし離れて植女がつづいた。山村は植女からかなり離れてついてくる。島田が振り返っても、山村と分からないように距離をとったのだ。場所によって、山村からは島田の姿が見えなくなるが、植女についていくことはできる。

島田は幸橋御門の前まで来ると、右手に折れ、汐留川沿いの道を東にむかった。そして、汐留橋を渡った。そこは、木挽町七丁目である。

……柴崎の住んでいた町宿か！

泉十郎は、山村から柴崎の町宿が三十間堀にかかる木挽橋のちかくにあると聞いていたのだ。

その町宿に、ひそかに柴崎はもどったのかもしれない、と泉十郎は思った。

だが、島田は木挽橋のたもとも通り過ぎた。三十間堀沿いの道を、足早に北にむかっていく。どうやら、島田は柴崎が町宿として住んでいた家に行くのではないらしい。

島田は三十間堀沿いの道を歩き、真福寺橋《しんぷくじ》のたもとに出た。そして、橋のたもとを右手に折れた。その道は、八丁堀《はっちょうぼり》沿いにつづいている。

泉十郎は走った。島田が右手に折れたため、家の陰になってその姿が見えなくなったからだ。後続の植女と山村も走りだした。

泉十郎が真福寺橋のたもとまで来て、右手の通りに目をやると、島田の後ろ姿が見えた。島田は八丁堀沿いの道を足早に東にむかっていく。

ふたたび、泉十郎は島田の跡を尾け始めた。島田は藩邸を出てからしばらくの間、尾行者はいないか確かめるように後ろを振り返ったが、三十間堀沿いの道に出たころから後ろを振り返らなくなった。尾行者は、いないとみたのだろう。

島田は八丁堀沿いの道を東に歩き、稲荷《いなり》橋のたもとに出た。そこは鉄砲洲《てっぽうず》の波除《なみよ》け稲荷の前でもあった。島田は稲荷の前を通り過ぎ、大川端《おおかわばた》に出た。前方に佃島《つくだじま》が見える。その辺りは大川の河口《かこう》で、佃島の先には江戸湊《みなと》の海原《うなばら》がひろがっていた。

島田は大川端の道を南にむかった。道沿いに、本湊町《ほんみなとちょう》の家並がひろがっている。

島田は本湊町に入って間もなく、通り沿いにあった漁師の家の脇の道に入った。そこにも、通行人の姿があった。地元の住人らしい者だけでなく、武士の姿も目にとまった。本湊町の西方に、大名屋敷や幕府の重臣の屋敷がつづいていた。そうした屋敷に、仕えている武士であろう。

前を行く島田が、仕舞屋の前に足をとめた。借家らしく、同じ造りの家が道沿いに五棟並んでいた。島田は手前の家の前に足をとめ、通りの左右に目をやってから、表戸をあけてなかに入った。

泉十郎は路傍に足をとめ、後続の植女と山村が近付くのを待ち、

「島田は手前の家に入った」

と、仕舞屋を指差して言った。

「借家のようだ。……藩士の住む町宿かな」

植女が、山村に訊いた。

「いや、この辺りに、わが藩の者が住む町宿はないはずだ」

山村が首をひねりながら言った。

「だれが住んでいるか、探ってみるか」

泉十郎が言った。

　泉十郎たちは通りを歩き、島田が入った借家から半町ほど離れた場所にあった春米《つきごめ》屋《や》に目をとめた。その春米屋に、泉十郎だけが入った。島田が入った借家の住人のことを訊いてみるつもりだった。

　泉十郎は春米屋の親爺に、「ちと、訊きたいことがある」と切り出し、

「この先に、借家があるな」

と、借家の方を指差して訊いた。

「ありやすが」

　親爺の顔に、不審そうな色が浮いた。いきなり武士が入ってきて、借家のことなど訊いたからだろう。

「おれの知り合いが、この近くの借家に住んでいるのだが、武士が住んでいるのを知っているか」

　泉十郎が言った。

「知ってやす」

「名を聞いているかな」

「名は知りやせん。お侍がふたりで、近ごろ住むようになったようでさァ」

「ふたりか」

どうやら、江戸詰の成沢藩士ではないらしい。江戸詰の藩士がふたりも近ごろ住むようになったのなら、山村が知っているだろう。

泉十郎は親爺に、「手間をとらせたな」と声をかけ、春米屋から出た。これ以上訊くと、ぼろが出るし、親爺から訊くことはなかったのである。

泉十郎が山村に、借家に武士がふたり住んでいることを話すと、

「姿を消した小暮と柴崎か。そうでなければ、国元から江戸に出た忍者かもしれない」

山村が顔を厳しくして言った。

第二章　敵影

1

泉十郎と植女は、道沿いで枝葉を茂らせていた椿《つばき》の陰に身を隠し、島田が入った借家を見張っていた。その借家は、泉十郎たちのいる場から半町ほど先にある。ふたりからすこし離れた樹陰《こかげ》に、山村の姿もあった。三人はその場に身を隠し、借家から島田が出てくるのを待っているのだ。

泉十郎たちは島田をひそかに捕らえ、小暮や柴崎の居所を聞き出すとともに、小暮たちを背後で動かしている黒幕がだれか摑もうと思った。それに、借家に何者が住んでいるのかも聞き出さねばならない。

島田は借家からなかなか出てこなかった。すでに辺りは、深い夜陰《やいん》につつまれていた。ただ、上空に弦月《げんげつ》が輝いていたので、借家からだれか出てくれば、見えるはずだ。それに、植女は夜目が利《き》く。

「出てきた！」

植女が言った。

借家の戸口から、人影が出てきた。姿をあらわしたのは、島田ひとりだった。島田は戸口で、周囲に目を配るような仕草を見せた後、通りに出た。都合よく、泉十郎たちが潜《ひそ》んでいる方にむかって歩いてくる。

「斬らずに、生け捕りにするぞ」

泉十郎が念を押すように言った。

植女と山村が、無言でうなずいた。ふたりは、近付いてくる島田を睨《にら》むように見据えている。

島田は足早に歩いてくる。泉十郎たちに気付いていないらしく、警戒している様子はなかった。

島田が四、五間先まで来たとき、泉十郎が樹陰から島田の前に飛び出した。つづいて、植女が島田の背後に走った。山村は、樹陰にとどまっている。

島田はギョッとしたように、その場に棒立ちになったが、その顔に戸惑《とまど》うような表情が浮いた。島田は、泉十郎と植女が何者か分からなかったらしい。

泉十郎が刀の柄《つか》に手をかけて、島田に歩み寄ると、

「きさま！　辻斬りか」

島田が叫びざま、刀の柄を握った。

泉十郎はすばやい動きで抜刀《ばっとう》して島田に迫り、

「遅い！」

と一声発し、刀身を峰《みね》に返しざま横に払った。目にも留《と》まらぬ動きである。

その峰打ちが、刀を抜き、斬り込もうとして刀を振りかぶった島田の脇腹をとらえた。

ドスッ、という皮肉を打つ鈍《にぶ》い音がし、島田の上半身が前に屈《かが》んだ。島田は苦しげな呻《うめ》き声を上げ、手にした刀を取り落として、その場に蹲《うずくま》った。島田も遣《つか》い手らしかったが、泉十郎は島田に抜く間を与えずに仕留《しと》めたのである。

そこへ、植女と樹陰にいた山村が走り寄った。

「逃げないように、縛《しば》ってくれ」

泉十郎が植女に声をかけた。

すると、植女は懐《ふところ》から細引きを取り出し、島田の両腕を後ろにとって縛った。御庭番だけあって、こうしたことも手際《てぎわ》がいい。

「この男から話を訊《き》きたいが、どこか連れていくところはないかな」

泉十郎が、山村に訊いた。

「藩邸には連れていけないし、近くに味方の町宿はないし……」

山村はいっとき思案していたが、

「すこし遠いが、南小田原町《おだわらちよう》まで行けば、藩士の町宿がある。書役《かきやく》だが、殺された戸川さまの下にいた男なので、協力してくれるはずだ」

と、話した。書役の名は、池沢重三郎《いけざわじゆうざぶろう》だという。

山村によると、成沢藩の場合、書役は家老、年寄、用人などの下で書類を代筆する役だそうだ。

「その書役の家を、使わせてもらおう」

南小田原町は、西本願寺《にしほんがんじ》の東方にあり、泉十郎たちのいる本湊町からそれほど遠くなかった。

泉十郎たちは、後ろ手に縛ってある縄が見えないように、三人で島田を取り囲むようにして歩いた。ただ、辺りは夜陰につつまれ、通りかかる者はほとんどなかったので、通行人に怪しまれるようなことはなかった。

泉十郎たちが書役の池沢の住む町宿についたのは、明け方ちかくだった。池沢が町宿として住んでいる借家は、夜の帳《とばり》につつまれ、ひっそりと寝静まっていた。

「夜があけるのを待つか」

泉十郎が、東の空に目をやって言った。いまごろ、池沢をたたき起こすのは、気が引けたのである。

東の空は、かすかに明らんでいるようだったが、まだ明け六ツ（午前六時）まで、かなりの時間があるだろう。

「いや、おれが事情を話す。池沢どのも分かってくれるはずだ」

山村はそう言って戸口の板戸をたたき、「池沢どの、池沢どの」と声をかけた。すると、家のなかで夜具を撥《は》ね除《の》けるような音がし、戸口に近付いてくる足音がした。

「だれだ」

板戸のむこうで、男の声がした。

「成沢藩、目付の山村桑三郎でござる。実は、近くで、戸川さまを暗殺した一味とかかわりのある島田弥三郎という徒士を捕らえたのだ」

山村が言った。

「まことでござるか」

板戸の向こうで、男が訊いた。池沢重三郎らしい。

「島田が本湊町の町宿に来たのだ。その帰りを、われわれが押さえた」

「待ってくれ。すぐにあける」

池沢は、山村が実名を挙げ、成沢藩の目付筋でなければ知らないことまで話したので信じたらしい。

板戸があいて、寝間着姿の男が顔を出した。池沢らしい。三十がらみと思われる浅黒い顔をした男である。

「済まぬ。いまごろ、押しかけて」

山村が池沢に頭を下げた。

「いいえ、家に入ってもらって、構わないが……」

池沢が、戸惑うような顔をして、山村の後ろに立っていた泉十郎と植女に目をやった。初めて見る顔なので、何者か分からなかったようだ。

「われらは、家老の丹沢さまより依頼され、戸川佐兵衛さまを殺害した者たちを捕らえんがために、山村どのたちと共に事件の探索にあたっている者でござる」

泉十郎が、もっともらしい顔をして話した。幕府の御庭番のことは口にしなかった。かえって、池沢が警戒するとみたのである。

「ともかく、入ってくだされ」

池沢は、山村をはじめ泉十郎たちと捕らえた島田を家のなかに入れた。

2

池沢は、泉十郎たちに、家の戸口に近い座敷を使ってくれと話した。奥は寝間になっているらしかった。

山村は池沢に、いっしょにいてもかまわない、と話したが、池沢はともかく着替えてくる、と言って奥へ引っ込んだ。

座敷はまだ闇につつまれていたが、池沢が行灯《あんどん》に火を点《とも》してくれたので、その場に集まっている男たちの姿が、闇のなかに浮かび上がったように見えた。

まず、山村が島田の前に立った。行灯の灯に横から照らされた島田の顔は、不安と恐怖にゆがんでいた。

「まず、訊く。本湊町の借家にいるふたりは、何者だ」

山村が島田を見据えて訊いた。

「し、知らぬ」

島田が顔をしかめて言った。

「知らぬはずはあるまい。おぬしは、藩邸からわざわざ本湊町まで訪ねていったのだぞ。それに、今日に限ったことではないはずだ」

「……」

島田は口をひらかなかった。

「だれの指図で、本湊町まで来た」

山村は、島田が藩邸に住む者の指図で、本湊町の借家に住むふたりを訪ねていったとみたようだ。

島田はいっとき口をつぐんでいたが、言い逃れできないと思ったのか、

「あ、あの家に住んでいるのは、国元から上府した者だ」

と、声を震わせて言った。

「ふたりの名は」

「名は知らない」

島田は、お互い名乗らないようにしていたことを言い添えた。

「国元からひそかに江戸に出た忍者ではないか」

山村が訊いた。

「そうかもしれない」

島田は肩を落として言った。

山村はいっとき黙考していたが、

「ふたりの身分は山方の者か、それとも徒士か」

と、訊いた。山村は、ふたりの忍者が此度《こたび》の件とかかわりがあるとみたらしい。

「国元の徒士らしい」

島田が小声で言った。

「徒士か。それなら、江戸にいるおぬしも、ふたりが何のために出府したか知っているな」

山村が語気を強くして訊いた。

島田はいっとき山村から視線をそらして口をとじていたが、

「お、おれは、詳しいことは知らぬ」

と、声をつまらせて言った。

「おい、おまえは、同じ徒士だぞ。おまえが知らぬはずはあるまい」

「……！」

島田は、顔をしかめただけで口を開かなかった。

「いったい、おまえは、だれの指図で動いていたのだ」

山村が島田を見据えて訊いた。

　すると、島田は観念したのか、肩を落として、

「増川《ますかわ》さまだ」

　と、小声で言った。

「徒士頭《かちがしら》の増川宗之助《そうのすけ》どのか」

　すぐに、山村が訊いた。

「そうだ……」

　島田は顔を上げずに答えた。体がかすかに顫《ふる》えている。

「徒士頭の増川どのが、おぬしたちに指図していたのか」

　山村は驚いたような顔をしてつぶやくと、いっとき口をとじていたが、

「おぬしたちも、島田から訊いてくれ」

　と言って、泉十郎と植女に目をやった。

　すぐに、泉十郎が島田の前に立ち、

「年寄の戸川どのを殺したのは、徒士の小暮彦三郎という者だな」

　と、念を押すように訊いた。

　島田は泉十郎を見上げ、戸惑うような顔をしたが、

「そうだ」

と、つぶやくような声で言った。すでに、そのことは藩の目付筋に知られているので、隠すことはないと思ったのだろう。

「まさか、小暮の一存で、年寄の戸川どのを殺したわけではあるまい。……やはり、徒士頭の増川の指図か」

泉十郎は島田を見据えて訊いた。

島田はしばらく口をつぐんでいたが、

「そう聞いている」

と、肩を落としたまま言った。

「増川は、なぜ年寄の戸川どのを殺そうとしたのだ」

泉十郎にとって最大の疑問は、年寄の戸川と徒士頭の増川のかかわりだった。

「し、知らぬ。なぜ、増川さまが、戸川さまを殺すよう指示したのか、おれは何も聞いていない」

島田が向きになって言った。

泉十郎は、島田の様子を見て何かを隠しているとは思わなかったが、

「増川は、年寄の戸川さまに何か恨《うら》みがあったのではないか」

と、さらに水をむけてみた。

「増川さまが、戸川さまのことを悪く言っているなど聞いたことがない」

島田がはっきり言った。

「そうか。……ところで、増川と谷隠流とのかかわりは」

泉十郎が声をあらためて訊いた。

「増川さまは若いころ徒士で、国元にいたと聞いている。そのころ、谷隠流の道場に通ったらしい」

島田は、徒士の仲間から聞いただけで、はっきりしたことは知らないと言い添えた。

そこまで聞くと、泉十郎は植女に、

「植女、何か訊くことはあるか」

と言って、身を引いた。

「国元から出府した谷隠流の忍者は、どれほどいるのだ」

植女が、抑揚のない声で訊いた。植女の表情のない顔には、凄《すご》みがあった。

「七、八人と、聞いている」

島田が言った。

「多いな。そやつらは、江戸市中に潜伏しているのか」

「そうだ」

「厄介《やっかい》な相手だ」

そう言って、植女は島田から身を引いた。

泉十郎たちが島田から話を訊き終えると、山村が池沢に、

「今晩、島田を引き取りにくるので、それまで預かってくれ」

と、頼んだ。

山村によると、徒士組の者に知れないように、暗くなってから島田を藩邸に連れていき、あらためて口上書《こうじょうがき》をとるという。

「分かった」

池沢が顔をひきしめて言った。

3

その日、暗くなってから、泉十郎たちはふたたび池沢の住む町宿に姿を見せ、島田を引き取った。そして、人気《ひとけ》のない道をたどり、愛宕下にある成沢藩の上屋敷に島田を連れ込んだ。

泉十郎たちは、藩邸内の者たちには気付かれないように、島田を大目付の倉山の小屋に連れていって、あらためて訊問《じんもん》した。島田は観念したらしく、隠さずに話した。ただ、その内容は泉十郎たちが聞いたこととほぼ同じだった。

倉山は、島田の話を口上書に認《したた》めさせた。

その夜、泉十郎と植女は、山村の住む藩邸内の長屋に泊まった。島田の訊問が深夜までつづいたこともあるが、山村が、泊まっていけ、と言って、泉十郎と植女を引き止めたからである。

ところが、その夜、思わぬことが起こった。島田が何者かに殺されたのだ。訊問が終わった後、島田は倉山の小屋の戸口近くの部屋に監禁されていたが、小屋に忍び込んだ何者かによって殺されたらしい。

明け方、泉十郎、植女、山村の三人は、倉山に仕える下目付の知らせで、倉山の小屋に駆け付けた。

島田は、後ろ手に縛られたまま血塗《ちまみ》れになって死んでいた。胸に棒手裏剣が刺さっている。

「殺《や》ったのは、忍者か！」

泉十郎が思わず声を上げた。

「口封じだな」

倉山の声が、かすかに震えた。藩邸内の小屋のなかまで忍者に踏み込まれたことで、強い怒りと一抹《いちまつ》の不安を覚えたらしい。

「口上書は」

すぐに、泉十郎が山村に身を寄せて訊いた。口上書を奪われたら、島田を捕らえ、ひそかに藩邸まで連れてきて訊問したことが水の泡である。

「無事らしい。忍者は、家のなかまで踏み込まなかったようだ。表戸をあけて土間まで入り、そこで棒手裏剣を打ったらしい」

山村が声をひそめて言った。

「そのようです」

泉十郎も、山村と同じようにみた。棒手裏剣が、島田の胸に刺さったままなのは、忍者が家のなかまで踏み込まなかったからだろう。踏み込めば、棒手裏剣を抜いて持ち去ったはずだ。忍者にも、余裕がなかったにちがいない。

「念のため、口上書はご家老にお渡ししておく。敵に気付かれぬようにな」

倉山が声をひそめて言った。

「倉山さま、用心のため、しばらくの間、われらに小屋の番をさせてください」

山村が身を乗り出すようにして言った。

「目付としての仕事に、支障《ししよう》のないようにな」

倉山はそう言った後、泉十郎と植女に目をやり、「ふたりも、用心してくれ」と言い残し、その場を離れた。

翌朝、泉十郎と植女は、明け六ツ（午前六時）前の暗いうちに、山村と岸崎洋太郎《きしざきようたろう》という若い目付とともに、成沢藩の上屋敷を出た。これから、本湊町へ行くつもりだった。借家に身をひそめているふたりを捕らえるためである。島田の話では、ふたりは忍者らしかった。

大名小路を抜けて、汐留橋を渡ったとき、泉十郎は背後から巡礼姿の女がついてくるのを目にした。

……おゆらだ。

巡礼は笠をかぶっていなかったので、すぐにおゆらと知れたのだ。

泉十郎は植女に身を寄せて、後ろからおゆらが来ることを知らせ、すこし足を緩《ゆる》めた。おゆらは、泉十郎に何か知らせることがあって、姿を見せたにちがいない。植女も足を緩めたが、山村たちからあまり離れなかった。山村たちに不審を抱かせないように気を遣ったようだ。

泉十郎はおゆらが近付くと、その前を歩きながら、

「おゆら、どうした」

と、小声で訊いた。

「昨夜、倉山さまの小屋に侵入した忍者は、徒士頭の増川宗之助の住む長屋に入りましたよ」

おゆらによると、増川は藩邸内の重臣用の長屋に住んでおり、他の家臣の部屋とは区別されているという。座敷は二間あり、別に客間もあるそうだ。

「どうやら、増川は徒士だけでなく、上府した忍者たちもたばねているらしい」

泉十郎の顔がけわしくなった。

「あたしは、これで」

おゆらはそう言うと、路傍の樹陰に身を寄せた。そこで一休みするふりをして、泉十郎たちと離れるつもりらしい。

泉十郎と植女は足を速めて、山村たちに追いついた。

泉十郎は山村と肩を並べて歩きながら、

「いま、増川は何をしている」

と、訊いてみた。おゆらから話を聞いたことは、口にしなかった。

「藩邸内の長屋で、謹慎《きんしん》しているようだ。……増川は島田が捕らえられ、倉山さまに訊問されたことも知っているらしい」

山村は、増川を呼び捨てにした。此度の件の黒幕とみているのであろう。

「どうも、すっきりしないことがあるのだがな」

泉十郎が言った。

「何だ」

山村が泉十郎に顔をむけた。

「此度の件の発端《ほったん》は、徒士の小暮彦三郎が、年寄の戸川さまを斬って逃げたことだな」

「そうだ」

「その後、起こったことのすべてに、徒士がかかわっている」

「確かにそうだ」

「そうした徒士の背後に、徒士頭の増川がいるとみていい」

「おれもそう見ている」

「どうも、腑《ふ》に落ちないのだが」

泉十郎はそう言って、いっとき歩いた後、

「徒士頭の増川だが、年寄の戸川さまがいなくなると、何かいいことでもあるのか。例えば、増川が戸川さまの後に年寄の座に就くとか……」

徒士頭は、それほどの重職ではなかった。一方、年寄は家老に次ぐ重職で、いずれ家老の座に就いて藩政を掌握《しょうあく》する立場でもある。徒士頭から年寄になれば、大変な出世であろう。

「い、いや、徒士頭から年寄になるのは、むずかしい。まァ、無理だろうな」

山村はそう言った後、いっとき黙考していたが、

「江戸詰の藩士のなかで、年寄の戸川さまの後釜《あとがま》に座るとすれば、用人の川添藤右衛門《かわぞえとうえもん》さまだろうな」

そう言って、泉十郎に顔をむけた。

山村によると、成沢藩の用人は他藩の留守居役にあたり、幕府やかかわりのある他藩などと外務交渉する役だという。

「用人な」

泉十郎は、これまで用人の話がまったく出なかったことが、かえって気になった。

4

泉十郎たちは汐留橋を渡り、木挽橋のたもとまで来ると、右手につづく通りに入った。その通りを東にむかうと、西本願寺の門前へ出る。さらに、東方へむかえば、江戸湊沿いの道に突き当たる。

泉十郎たちは江戸湊沿いの道から大川端へ出ると、さらに川上にむかって歩いた。いっとき歩くと、前方に佃島が見えてきた。

泉十郎たちは、佃島を右手に見ながら川上に向かって歩き、本湊町に入ると、見覚えのある漁師の家の脇にある道に入った。しばらく歩くと、道沿いに借家が五棟並んでいるのが見えた。手前の家に、国元から上府した忍者がふたり住んでいるはずである。

「おれが、様子を見てくる。ここにいてくれ」

植女がそう言い残し、ひとりで借家の方にむかった。

植女は通行人を装って、借家の前を通った。家にいる者が忍者ということもあって、植女はわずかに家の戸口に身をよせただけで、足もとめずに通り過ぎた。そして、半町ほども先へ歩いてから足をとめ、踵《きびす》を返してもどってきた。

植女が泉十郎たちのところへもどると、

「家には、だれかいるようだ」

そう言った後、「家から聞こえた足音から、大人の男とみていい」と小声で言い添えた。

植女は、足音から体の重さや男か女かを見抜くことができた。

「ひとりか」

泉十郎が訊いた。

「足音は、ひとりだった」

「さて、どうする」

泉十郎が、その場にいる男たちに目をやって言った。

「捕らえる手もあるが、忍者では話を聞くのもむずかしいな」

忍者は捕らえられても、容易《ようい》に口を割らないことを泉十郎は知っていた。過酷《かこく》な拷問《ごうもん》がくわえられれば、己の舌を噛《か》み切って自害する者もいる。

「張り込んで、様子をみるか」

山村が言った。

「そうしよう」

忍者の住む借家を訪ねる者がいるのではないか。泉十郎はそう考えた。それに、忍者が家を出て、仲間のところへ向かうかもしれない。

泉十郎と植女は、通り沿い間近の樹陰に身を隠した。泉十郎と植女は、気配を消すことができたのだ。もっとも、気配を消す必要があるのは、忍者が通りかかったときだけである。相手が忍者ということもあって、山村と岸崎は通りからすこし離れた笹《ささ》藪《やぶ》の陰に隠れた。泉十郎たちが身を隠して、半刻（一時間）も過ぎただろうか。

「来たぞ」

泉十郎が声を殺して言った。

借家から、男がひとり姿を見せた。羽織袴姿で、二刀を帯びていた。どこから見ても、御家人か大名家に仕える藩士のようである。

男は泉十郎たちの方へ歩いてくる。

泉十郎と植女は男が目の前を通り過ぎ、半町ほど遠のいてから通りに出た。そして、通行人を装って、男の跡を尾け始めた。山村と岸崎は、泉十郎たちの跡を尾けていく。

その山村と岸崎の跡を尾ける男がいた。羽織袴姿で二刀を帯びていた。この男は、借家から武士体の男が出た後、すこし間を置いてから戸口から出て、跡を尾けていく泉十郎たちの姿を目にしたのだ。そして、山村と岸崎が、笹藪の陰から通りに出るのを目にすると、山村たちの跡を尾け始めた。

山村たちも泉十郎たちも、自分たちが跡を尾けられているなどとは、思ってもみなかった。先を行く忍者は、大川端沿いの道に出ると、川上に足をむけた。そして、八丁堀沿いの道に出て西にむかった。

やがて、南八丁堀を抜けて水谷町《みずたにちょう》に入ると、前方に京橋《きょうばし》が見えてきた。その橋は東海道を繋ぐ橋でもあり、大変な賑《にぎ》わいを見せていた。様々な身分の老若男女《ろうにゃくなんにょ》が、行き交っている。

泉十郎たちは、前を行く男との間をすこしつめた。人込みのなかに入ると、姿を見失う恐れがあったからだ。

泉十郎と植女は、尾ける相手が忍者ということもあって気を遣い、背後には気がまわらなかった。そのせいもあって、後ろから尾けてくる男に気付かなかった。

前を行く男は、人通りの多い京橋のたもとを経《へ》て、さらに京橋川沿いの道を西にむかった。そして、京橋川にかかる中ノ橋《なかのはし》のたもとを左手に折れて路地に入った。その辺りは、南紺屋町《こんやちょう》だった。道沿いに、町家がつづいている。人通りは、すくなかった。町人の姿が、ぽつぽつ見えるだけである。おそらく、地元の住人であろう。

男は、路地沿いにあった仕舞屋に入った。板塀をめぐらせた家で、妾宅《しょうたく》のような感じがした。

泉十郎と植女は、男の入った家の前で歩調を緩めた。道に面したところに吹き抜け門があった。門といっても、丸太を二本立てただけの簡素なもので、門扉《もんぴ》はなかった。その門の間から覗《のぞ》くと、入口の板戸はしまっていた。

泉十郎と植女は、吹き抜け門の前で足をとめて聞き耳を立てた。家のなかから男の声が聞こえた。三、四人いるらしい。いずれも、武家言葉を使っていた。

そのとき、泉十郎は家のなかのやり取りから、小暮、と呼ぶ声を耳にした。

……小暮彦三郎だ！

泉十郎は、胸の内で声を上げた。小暮は、年寄の戸川を殺害して姿を消した男である。柴崎の住む町宿から姿を消した後、ここに潜んでいたようだ。

泉十郎たちは、すぐに吹き抜け門の前から離れた。後続の山村と岸崎は門の前で足をとめずにそのまま通り過ぎた。

泉十郎と植女は、一町ほど通り過ぎてから足をとめた。

「家のなかに、小暮がいたようだ」

泉十郎が、植女に目をやって言った。

「あの家には、姿を消している小暮と柴崎が身を隠しているのではないか」

「まちがいない」

泉十郎と植女がそんな言葉を交わしているところに、山村と岸崎が近付いてきた。

「あの家は、小暮と柴崎の隠《かく》れ家《が》だぞ」

泉十郎が言うと、

「こんなところに、身を隠していたのか」

山村が昂《たかぶ》った声で言った。

このとき、山村たちの背後から尾けてきた男が、路傍《ろぼう》に足をとめた。そして、泉十郎たちが話しているのを目にすると、反転して走りだした。

男は、人目につかないような人影のない路地に飛び込み、さらに足を速めた。忍者らしい走りである。

5

「小暮と柴崎を捕らえたい」

山村が語気を強くして言った。

「相手は、三、四人。おれたちは四人。後《おく》れをとるようなことはないな」

泉十郎は、家のなかにいる者たち全員を生きたまま捕らえるのは難しいが、小暮と柴崎は斬らずに捕らえることができるとみた。

「踏み込もう」

山村が言った。その気になっている。

泉十郎たちは、その場で闘いの身支度を始めた。身支度といっても、袴の股立を取り、刀の目釘を確かめるだけである。

「いくぞ」

泉十郎が声をかけた。

四人は足音を忍ばせて吹き抜け門の前まで来ると、家の戸口に目をやった。板戸はしまっていた。

家のなかから、かすかに人声が聞こえた。何人かいる。いずれも武家言葉であることは分かったが、話の内容は聞き取れなかった。

泉十郎たちは忍び足で、家の戸口にむかった。そして、戸口の板戸の前まで来ると、あらためて耳を澄《す》ました。

話し声がはっきり聞こえた。話しているのは、いずれも武士である。

……三人だ。

泉十郎は、家のなかの会話から、話しているのは三人だと推量した。小暮と柴崎、それにこの家の主であろう。

「踏み込むぞ」

泉十郎は声を殺して言い、板戸をあけた。

狭い土間の先が、座敷になっていた。三人の武士が、腰を下ろしていた。湯飲みを手にしている。茶を飲みながら、何か話していたらしい。

「目付たちか!」

大柄な武士が、声を上げた。

他のふたりは、一瞬、凍《こお》りついたように身を硬くしたが、

「小暮どの、逃げろ!」

年配の武士が叫んだ。この男は、御使番の柴崎らしい。

すると、剽悍《ひょうかん》そうな面構《つらがま》えをした男が、傍《かたわ》らにおいてあった刀を手にした。この男が、小暮である。

小暮は立ち上がると、右手に走った。細い廊下がある。裏手につづいているよう

だ。

「逃がさぬ！」

植女がすばやい動きで座敷に上がり、小暮の後を追った。植女は、田宮《たみや》流居合の遣い手である。こうした狭い部屋のなかや廊下でも居合で刀を抜き、敵を斬る刀法を身につけている。

植女は廊下に走り出た。前を行く小暮の先に土間があり、竈《かまど》が見えた。そこは、台所になっているらしい。

植女は小暮を追った。前を行く小暮は土間に飛び下りると、流し台の脇を通って背戸へむかった。

植女はすばやい動きで小暮を追ったが、土間へ飛び下りたとき、小暮は背戸を出ていた。植女は流し台の脇を走り抜け、背戸から飛び出した。

と、小暮が背戸から五間ほど離れた場所に立っていた。刀の柄に右手を添え、植女に体をむけている。

……なぜ、逃げぬ！

植女がそう思ったとき、棒手裏剣の飛来する音を察知した。

咄嗟《とっさ》に、植女は右手に跳んだ。

棒手裏剣が、植女の左の肩先をかすめて空に飛んだ。植女は、さらに右手に跳んでから後じさった。すばやい動きである。

新たな棒手裏剣が植女の腰の脇と爪先《つまさき》近くに飛来した。

……勝負にならぬ！

植女は胸の内で叫び、すばやい動きで背戸から家のなかに飛び込んだ。

棒手裏剣は背戸近くの地面に突き刺さったが、背戸に近付いてくる足音は聞こえなかった。

それでも、植女は背戸の脇に身を隠し、居合の抜刀体勢をとった。背戸から踏み込んできたら、居合で仕留めるつもりだった。

だが、踏み込んでくる者はなかった。そのとき、背戸から遠ざかる足音が聞こえた。小暮が逃げたらしい。

表の戸口近くの座敷では、まだ闘いがつづいていた。泉十郎は、御使番の柴崎に切っ先をむけていた。ただ、刀身を峰に返していた。柴崎を生け捕りにするつもりだったのである。

一方、山村と岸崎は、この家の住人らしい大柄な武士に切っ先をむけていた。

が据わっている。

大柄な武士は山村と相対《あいたい》し、青眼《せいがん》に構えていた。遣い手らしく構えに隙がなく、腰
山村は大柄な武士の剣尖《けんせん》の威圧に押されて、踏み込めないでいた。まだ、ふたりの間合は二間半ほどあった。斬撃の間境《まざかい》の外である。

大柄な武士は、泉十郎と柴崎に目をやった後、ふいに動いた。柴崎が危ういとみたのかもしれない。

「いくぞ！」

大柄な武士が声をかけ、青眼に構えたまま足裏を摺《す》るようにして、ジリジリと間合を狭《せば》め始めた。

山村は後じさった。やはり大柄な武士の剣尖の威圧に押されたのである。

イヤアッ！

突如《とつじょ》、大柄な武士が裂帛《れっぱく》の気合を発し、一歩踏み込んだ。

咄嗟に、山村は左手後方に身を引いた。大柄な武士の斬撃をかわそうとしたのである。だが、大柄な武士は斬り込んでこなかった。間があいた山村の右手に、いきなり突進した。逃げたのである。

大柄な武士は抜き身を引っ提《ひっさ》げたまま土間に下り、あいたままになっていた戸口か

ら外へ飛び出した。

「ま、待て！」

山村と岸崎は、慌《あわ》てて大柄な武士の後を追って戸口から外に出た。

だが、山村たちは大柄な武士の後を追わなかった。逃げ足が速く、追っても追いつけないとみたのだ。

このとき、泉十郎は柴崎と対峙《たいじ》していた。柴崎は、大柄な武士が逃げたのを目にすると、顔をこわばらせて後じさった。そして、反転して逃げようとした。

……逃がさぬ！

泉十郎が、踏み込みざま刀身を横に一閃《いっせん》させた。一瞬の太刀《たち》捌《さば》きである。

泉十郎の峰打ちが、柴崎の脇腹をとらえた。柴崎は手にした刀を取り落とし、呻き声を上げて、その場にうずくまった。

「動くな！」

泉十郎が、柴崎の顔に切っ先をむけた。

6

柴崎は山村と岸崎の手で縄をかけられ、座敷のなかほどに座らされていた。苦しげに顔をしかめている。

泉十郎は柴崎の前にたち、

「おれのことを、知っているか」

と、穏やかな声で訊いた。

「し、知らぬ」

柴崎が声を震わせて言った。

「おれは、故《ゆえ》あって山村どのたちに手を貸している者だが、おぬしといっしょにいた小暮が何をして、ここに身を隠していたか、知っている。それに、徒士頭の増川宗之助が配下の徒士たちを使って、これまで何をしてきたかもあらかた分かっている」

「……！」

柴崎が目を剝《む》いた。驚きと恐れの色がある。

「ところが、おぬしは徒士ではない。御使番だ。……なにゆえ、藩に背をむけ浪々の身になってまで、何のかかわりもない小暮を庇《かば》い、こうして身を隠していたのだ」

「そ、それは……」

柴崎は戸惑うような顔をしたが、

「こ、小暮どのとは、若いころ同門だったからだ」

と、声を詰まらせて言った。

「谷隠流か！」

思わず、泉十郎の声が大きくなった。

すると、脇で話を聞いていた山村が、

「おぬし、国元にいるとき、山方だったのか」

と、身を乗り出すようにして訊いた。

「そうだ」

柴崎によると、若いころ国元で山方として仕え、そのおりに谷隠流の道場に通ったことがあるという。

「そのとき、小暮と知り合ったのか」

泉十郎が訊いた。

「道場で話をしたぐらいで、親しくしてたわけではない」

柴崎の顔から、戸惑うような表情は消えなかった。

「それだけの縁で、年寄を斬って逃げた小暮を助けて藩を飛び出したとは思えんな。他に、何か理由があるはずだ」

泉十郎が柴崎を見据えて訊いた。

柴崎は口をひらかなかった。膝先に視線を落として、身を顫わせている。

「おぬしが、藩を飛び出してまで助けた小暮は、おぬしを見捨てて真っ先にここから逃げたのだぞ」

泉十郎が言った。

柴崎は口をひらかなかったが、不安そうに視線を動かした。

そのとき、また山村が、

「だれかに、小暮を助けるように命じられたのではないか」

と、脇から訊いた。

柴崎の顔に戸惑うような表情が浮いたが、口を結んだままである。

「だれに命じられた」

泉十郎が語気を強くして訊いた。

柴崎はがっくりと肩を落とし、

「か、川添さま……」

と、小声で言った。

「用人の川添藤右衛門か！」

泉十郎の声が大きくなった。

「そ、そうだ」

「おぬし、川添とは、どのような関わりがあるのだ」

泉十郎が柴崎を見据えて訊いた。

「おれは、御使番だ。ふだん、川添さまの使いをしている」

そう言って、柴崎が口を閉じると、

「御使番は、用人の下で使者として動くことが多いのだ」

すぐに、山村が言い添えた。

「そういうことか」

泉十郎は、事件の背後にいる黒幕が見えてきたような気がした。年寄の戸川が亡くなれば、その後釜に座る最も近い地位にいるのは、用人である。

用人の川添は表に出ず、ひそかに背後から手をまわして、年寄の戸川を始末させたとみれば、筋がとおる。

「山村どの、川添と徒士頭の増川とは、何かつながりがあったのではないか」

泉十郎が脇に立っている山村に訊いた。

「おれも、柴崎の話を聞いて、川添さまが此度の事件の背後で糸を引いているとみたのだが、川添さまが増川と繫がっているようにはみえない……」

山村は語尾を濁《にご》した。戸惑うような顔をしている。増川と川添の関わりが分からないようだ。

「川添は、谷隠流と何かつながりがあったのではないか」

泉十郎が山村に訊いた。

「いや、そんな話は聞いてない。それに、川添さまは、山方や徒士組にいたことはないはずだ」

山村は首をひねっている。

そのとき、黙って泉十郎と山村のやり取りを聞いていた植女が、

「柴崎、ちかごろ川添と増川が会ったことはないか」

と、柴崎を見据えて訊いた。

柴崎は口を閉じたまま虚空《こくう》に目をやっていたが、

「三月《みつき》ほど前、七軒町《しちけんちよう》の料理屋で川添さまと増川さまが会ったと耳にしたことがあ

る」

と、小声で言った。

「やはり、ふたりは繋がっているな」

植女が低い声で言った。

それで、泉十郎たちの柴崎に対する訊問は終わった。泉十郎たちは、柴崎を藩邸に連れていくことになった。山村が、柴崎から口上書を取りたいと言ったからである。

泉十郎たちが柴崎を借家から連れ出し、吹き抜け門から出たときだった。泉十郎は何かが飛来するかすかな音を耳にした。次の瞬間、柴崎が身をのけ反らせた。柴崎の胸に棒手裏剣が突き刺さっている。

……忍者だ！

泉十郎は棒手裏剣が飛来した先に目をやった。

道沿いにある仕舞屋の板塀の陰に人影があった。男だった。すぐに男は反転し、仕舞屋の裏手に走った。男は小袖に裁着袴姿だったが、その身のこなしは忍者のものである。

「口封じか」

植女が逃げていく男の背を見つめながら言った。

7

泉十郎と植女は南紺屋町に出かけた翌日、陽が西の空にまわってから愛宕下にある成沢藩の上屋敷にむかった。

大目付の倉山と会い、今後成沢藩の目付たちはどう動くのか話を聞こうと思ったのだ。

泉十郎と植女は、裏門ちかくの切り戸からなかに入った。ちかごろ、泉十郎たちのために、山村は切り戸があくようにしてくれていたのだ。

泉十郎と植女が、藩邸内に入って山村の住む長屋の方へ歩きかけたときだった。小走りで近付いてくる山村の姿が見えた。

山村は泉十郎たちのそばまで来ると足をとめ、

「ふたりが来るのを待っていたのだ」

と、うわずった声で言った。

「何かあったのか」

泉十郎が訊いた。

「徒士頭の増川が、姿を消した」

山村の顔には、困惑《こんわく》の色があった。

「藩邸にいないのか」

「今朝から、増川の姿がみえないそうだ」

山村によると、増川の住む長屋に今朝から姿がないという。

「配下の徒士たちも、藩邸内にいないのか」

泉十郎が訊いた。徒士は何人も藩邸の長屋に住んでいたはずである。その徒士たちも、藩邸から姿を消したのであろうか。

「徒士も何人かいなくなったようだが、多くは残っている。残った徒士たちも、増川がどこへ行ったか知らないのだ。おそらく、増川は昨夜藩士たちが寝静まった後、藩邸を出たにちがいない」

山村が顔を厳しくして言った。

「それで、おぬしたちは、どう動く」

泉十郎が訊いた。

「ともかく、増川の行き先を突きとめるつもりだ。……倉山さまは、増川に縄をかけてもいいから、藩邸に連れ戻せと仰せだ」

山村が昂った声で言った。

「それで、増川の行き先を突きとめる手掛かりは、何かあるのか」

「まず、考えられるのは、市中にある町宿に身を隠すことだが、市中の町宿に住む徒士組の者は、ふたりしかいないのだ。……すぐに、藩の者に目をつけられるから、隠れ家にはなるまい」

山村によると、すでに昼前に目付筋の者たちが、徒士の住む町宿にむかったという。

泉十郎も町宿ではないと思い、

「増川が、他に身を隠すとしたらどこだ」

と、山村に訊いた。

「国元から江戸に来ている忍者たちの隠れ家だが、そこを探すのはむずかしい」

山村の顔に、困惑の色が浮いた。

「増川が市中に潜伏しているなら、配下だった徒士たちと接触するのではないか」

泉十郎は、増川がこのまま藩を出て浪々の身になるとは思えなかった。

「そうか。増川の配下で、国元にいるとき山方だった者に目を付ければいいのだな」

山村は、泉十郎と植女を山村の住まいになっている藩邸内の長屋に連れていった後、「これから、手配する」と言って、長屋から出ていった。

泉十郎と植女が長屋で待っていると、小半刻（三十分）ほどして、山村が岸崎を連れてもどってきた。

「目付たちは、増川の配下だった徒士たちに目を配っている。いずれ、増川の潜伏先は知れるはずだ」

山村が言った。

泉十郎には、姿を消した増川の他にも、気になっている男がいた。用人の川添である。

「ところで、川添は藩邸にいるのか」

泉十郎が訊いた。

「いる。何の動きもないようだ」

山村によると、川添は朝からずっと藩邸内にある小屋から出ていないという。

「川添は、増川が藩邸から姿を消したのを知っているのか」

「知っているはずだ」

「知っていて、何の動きも見せないのか」

川添は、増川が藩邸を出て行方をくらますことを前から知っていたのではないか、と泉十郎は思った。いや、知っていたというより、川添が増川に藩邸を出るよう話したのかもしれない。

次に口をひらく者がなく、いっとき座敷は重苦しい沈黙に包まれていた。

「いまは、増川の配下の徒士たちを探りにいった目付たちが帰るのを待つしかないな」

山村が言った。

「御使番の者から話が訊けないかな」

泉十郎は山村とともに、長屋の座敷で目付たちが帰るのを待つことにしたが、その間、藩邸内にいる御使番から、川添が何をしているか訊こうと思ったのだ。

「柳沼《やぎぬま》という御使番なら、話が訊けるかもしれない」

「柳沼から話を訊きたいが」

「いま、長屋にいるはずだ。おれが、ここに呼んで話を訊いてもいいぞ」

すぐに、山村が腰を上げた。

いっときすると、山村が若い藩士をひとり連れてきた。柳沼らしい。

ただ、泉十郎と植女は、表に出ないことにした。御使番から話を訊くのは山村にまかせ、泉十郎たちは隣の部屋に移った。泉十郎たちが、川添を探っていることを知られたくなかったのだ。

山村も、川添のことを探っているのを知られないように、

「柳沼、徒士頭の増川さまがいなくなったのを知っているな」

と、増川のことから切り出した。

「知っている」

柳沼の声に不安そうなひびきがあった。御使番の自分が、なぜ目付筋の者に呼ばれたのか、分からなかったからだろう。

「人違いかもしれぬが、三日前、おぬしが増川さまと話しているのを見たという者がいてな。おぬしに訊けば、増川さまの行き先が分かるかもしれないと思い、訊いてみたのだ」

山村は、適当な作り話を口にした。

「ひ、人違いだ。おれは、増川さまと会ったことなどない」

柳沼が向きになって言った。

「そうか。いや、おれもな、人違いではないかと思ったのだ」

山村は苦笑いを浮かべて、いっとき間を置いてから、

「ところで、川添さまは、いま何をなされている」

と、何気なく訊いた。

「小屋で、書見をなされていたが……」

柳沼は語尾を濁した。

「書見か。増川さまがいなくなったのは、知らないのかな」

「知っているはずだが、落ち着いておられたな」

そう言って、柳沼は腰を上げたいような素振《そぶ》りを見せた。胸の内には、川添のことを目付たちに話したくない気持ちがあるようだ。密告したように思われたくなかったのだろう。

「いや、手間をとらせた。人違いだったようだ」

山村は柳沼を引きとめず、苦笑いを浮かべて戸口まで送りだした。

陽が沈むころ、増川の行き先を突きとめるために藩邸を出た目付や下目付たちがひとり、ふたりと戻ってきた。だが、増川の潜伏先を突きとめた者はいなかった。

ただ、暗くなってから帰ってきた目付のひとりが、

「昨日、増川らしい武士を見掛けた者がいます」

と、報《し》らせた。

増川らしい武士を見掛けたのは、先手組の藩士だという。

「どこで、見掛けたというのだ」

すぐに、山村が訊いた。

「東海道です」

目付によると、先手組の者は、増川が東海道の浜松町《はままつちょう》辺りを南にむかって歩いていくのを目にしたようだ。

「増川は国元に帰るつもりか！」

山村が声を上げた。

「それが、先手組の者の話では、増川は旅装束ではなく、羽織袴姿で笠も手にしていなかったそうです」

目付が言った。

「国元にむかったのではないな」

山村が、ほっとした顔をした。いま増川に国元に帰られると、手が出なくなると危ぶんだらしい。

第三章　攻防

1

泉十郎と植女が、成沢藩上屋敷の裏門近くの切り戸から入ると、走り寄る足音が聞こえた。山村と岸崎である。

山村は泉十郎たちのそばへ来るなり、

「下目付がひとり、忍者の手にかかった」

と、うわずった声で言った。

「下目付の名は」

泉十郎は、知っている者が殺されたのではないかと思って名を訊《き》いたのだ。

「佐久間《さくま》尚助《しようすけ》という若い男だ」

「佐久間な」

泉十郎が初めて聞く名だった。

「どこで、殺されたのだ」

泉十郎に代わって、植女が訊いた。

「七軒町です」

岸崎がうわずった声で言った。

岸崎によると、佐久間は七軒町の路地で、忍者の手にかかったという。殺されたところを目撃した者はいないが、佐久間の胸に棒手裏剣と思われる傷が残っていたので、忍者に襲われたのかもしれない。

「佐久間が、七軒町に出かけたのはどういうわけだ」

泉十郎が訊いた。

七軒町は、増上寺《ぞうじようじ》の門前通りにある町で、土産物店、料理屋、飲み屋などが多く、繁華《はんか》な町として知られていた。隠れ家や町宿などがあるような町ではなく、下目付の佐久間が増川の探索のために出向いたとは思われない。

「佐久間は、増川の居所を探りにいったらしい」

山村が言った。

「七軒町に、増川の隠れ家でもあるのか」

「いや、七軒町の料理屋から増川らしい男が出てくるのを見掛けたという話を耳にして、店の者に訊きにいったようだ」

「その帰りに、襲われたのか」

「そうらしい」

「料理屋の名は、分かるか」

泉十郎は、料理屋に行って増川のことを訊いてみようと思った。増川ひとりで飲んだとは思えず、相手がいるはずだった。

「清河屋《きよかわや》だ」

「これから、清河屋へ行ってみよう」

「おれも行く」

すぐに、植女が言った。

山村も行くと言い出したが、泉十郎は、話を聞くだけだから、と言って植女とふたりで行くことにした。藩の徒士たちに気付かれたくなかったのだ。

泉十郎と植女は藩邸を出ると、大名小路を南にむかった。そして、増上寺御成門《おなりもん》前の通りを経て三島町《みしまちょう》に入り、さらに南に足をむけた。

「この辺りから、七軒町だな」

植女が、通り沿いにある料理屋やそば屋などに目をやって言った。

そこは増上寺の門前に近いし、東海道からもすぐだった。そのせいで、通りには参詣客《さんけいきゃく》や旅人らしい男の姿があった。

「清河屋だったな。どこにあるか、訊いてみるか」

泉十郎が通り沿いにあった笠屋に立ち寄り、店の親爺に訊くと、清河屋は増上寺の門前通りにあるとのことだった。

「目につく大きな店《たな》だから、すぐに分かりますよ」

親爺が言い添えた。

泉十郎と植女は、門前通りへむかった。門前通りは、賑やかだった。参詣客、旅人、遊山客《ゆさんきやく》などが行き交い、通り沿いには土産物店、料理屋、そば屋などが軒を連ねていた。

「そこに、大きな料理屋がある」

植女が通り沿いの店を指差して言った。

門前通りでも目を引く二階建ての大きな料理屋だった。すでに客が入っているらしく、二階の座敷から酔客《すいきやく》の濁声《だみごえ》や哄笑《こうしよう》などが聞こえてきた。

念のため、泉十郎が近くにあったそば屋に立ち寄って訊くと、その店が清河屋とのことだった。

泉十郎は清河屋の脇まで行くと、

「さて、どうする」

と、植女に訊いた。

「店から出てくる客に訊いても分からないだろうし、店の者に訊いてもまともに答えてはくれまい」

植女が言った。

「植女、久し振りで一杯やるか」

泉十郎が植女に身を寄せて言った。

「この店でか」

「そうだ。酒を運んできた女中に訊けばいい。近くで、店の客だった武士がひとり殺されているのだ。噂《うわさ》は耳にしているはずだ」

「久し振りで飲むか」

植女は、乗り気になった。

「酔うほど、飲めないぞ」

「承知している」

ふたりは、清河屋の暖簾《のれん》をくぐった。

応対に出た女将《おかみ》に、泉十郎が座敷があいているか訊くと、二階の奥の小座敷ならあいているとのことだった。

「そこでいい」

泉十郎は、他の客と離れた小座敷の方が話を訊きやすいと思った。

泉十郎と植女は、案内された小座敷に腰を下ろした。そして、注文を訊きにきた女中に、酒と肴《さかな》を頼んだ後、

「つかぬことを訊くが、この店の近くで武士が殺されたことはないか」

と、噂話でもするような口調で訊いた。

「ありますよ」

女中は、戸惑うような顔をした。いきなり、近所で殺された武士のことを訊かれたからだろう。

「実はな、殺された武士は、おれたちの知り合いなのだ」

泉十郎が言うと、すぐに植女が、

「可哀相《かわいそう》なことをした」

と、肩を落として言った。

「そうでしたか」

女中は眉《まゆ》を寄せて、その場に座り直した。泉十郎たちの話を信じたらしい。

「その武士は、この店に立ち寄った後で殺されたのだが、知っているかな」

泉十郎が声をひそめて訊いた。

「は、はい」

「その男は、この店に客として来た増川どののことを訊きにきたはずだ」

泉十郎が増川の名を出した。

「わたしは増川さまの座敷にはつきませんでしたが、お武家さまが殺された後、そんな話を耳にしました」

女中は、隠さなかった。女中仲間の間で噂になっていたのかもしれない。

「増川どのといっしょに飲んだのはだれか、知っているかな」

「確か、吉河《きちかわ》さまと聞きましたが」

「吉河な」

泉十郎は、吉河という男のことは知らなかったが、それ以上は訊かず、

「ふたりで飲んだのか」

と、座敷に他の男がいたかどうか確認した。

「ふたりでしたよ」

女中はそう答えた後、腰を上げた。すこし話し過ぎたと思ったのか、「すぐに、お酒をお持ちしますから」と言い残し、そそくさと座敷から出ていった。

泉十郎と植女は、一刻（二時間）ほど飲んでから、清河屋を出た。そして、成沢藩

の上屋敷に足をむけた。山村に、吉河という武士は何者か、訊いてみようと思ったのだ。

2

「吉河彦三郎《ひこさぶろう》かもしれぬ」

山村は泉十郎たちから話を聞くと、すぐに言った。

「その男、何者だ」

泉十郎が訊いた。

「御使番のひとりだ」

「用人の川添に仕えているのではないか」

「そうらしい」

「吉河は川添の指示で、増川と会ったとみていいな」

「まちがいない」

山村はそう言った後、口をつぐんで黙考していたが、

「吉河を捕らえて話を訊くか、それともしばらく泳がせておいて、増川と接触するの

を待つかだ。増川の居所をつきとめられるかもしれない」

と、泉十郎と植女に目をやって言った。

「吉河だが、これまでも川添の指示で増川と会ったり、市中に身を隠している忍者と会ったりしたことがあるのか」

泉十郎が訊いた。

「いや、そんな話は聞いたことがない」

「それでは、吉河を捕らえて話を訊いても、何も出てこないかもしれんぞ。……川添の指示で清河屋へ行っただけだ、と言われれば、それ以上追及はできまい。川添は何とでも言い訳ができる。以前、増川と清河屋で飲んだことがあるので、増川の居所が知れるかと思い、吉河を清河屋にやったとでも言われれば、それまでだ」

「うむ……」

山村は口をつぐんで虚空《こくう》を睨《にら》むように見据えた。

「どうだ、すこし吉河を泳がせたら」

泉十郎が言った。

「吉河に手を出さずに、目を配るということか」

山村が訊いた。

「そうだ。……吉河だけでなく、他の御使番にも目を配った方がいいな。川添は用心して別の御使番を使うかもしれない」

「承知した」

山村がうなずいた。

泉十郎と植女は、川添のことは山村にまかせ、増川の居所を探ることにした。ふたりとも、増川は増上寺周辺に身を隠しているとみていた。

泉十郎と植女は、藩邸を出ると増上寺の方に向けて歩き出した。

「おゆらの手も借りるか」

歩きながら、泉十郎が言った。

「すでにおゆらは、増川の居所を摑んでいるかもしれないな」

「ともかく、おゆらと会って話を聞いてみよう」

ふたりは、七軒町を経て賑やかな増上寺の門前通りに出た。おゆらも、この辺りで探っているはずである。

泉十郎たちが通りの左右に目をやりながら増上寺の表門の方へむかって歩いていると、背後から近付いてくる人の気配がした。

泉十郎が振り返ると、巡礼姿のおゆらの姿があった。

「旦那たち、あたしを捜してたの」

おゆらが、小声で言った。

「そうだが、この人通りのなかでは話せないな」

泉十郎はそう言って、表門の右手につづいている通りに目をやった。そこは、寺院や僧の修行する学寮などがつづき、行き交う人の姿はすくなかった。

三人は表門まで来て、右手の通りに入った。

「おゆら、七軒町で下目付が殺されたことを知っているか」

泉十郎が切り出した。

「知ってますよ。旦那たちが清河屋に立ち寄って、お酒を飲んだこともね」

おゆらはそう言って、植女に身を寄せると、

「あたしに声をかけてくれれば、植女の旦那に酌《しやく》をしてやれたのに」

と言って、植女の肩先をつついた。

「うむ……」

植女は渋い顔をして歩いている。

「そんなことより、増川の居所だ。このままだと、探索にあたっている成沢藩の目付たちから、また犠牲者《ぎせいしや》が出る」

「まだ、増川の居所は摑《つか》んでないよ」

おゆらが言った。

「ちかごろ、増川の姿を見掛けたことはないのか」

「ありますよ。二度……。忍びらしい男が、いっしょだったよ」

おゆらによると、二度とも、増川のそばにふたりの武士がいたという。身装《みなり》は羽織袴姿で、御家人か藩士のように見えたが、ふたりの歩く姿と身のこなしから、忍者とみたという。

「見掛けたのは、どこだ」

「増上寺の門前通りと、金杉橋《かなすぎばし》を渡った先ですよ」

金杉橋は、増上寺の南側を流れる新堀川《しんぼりがわ》にかかっていた。渡った先は、金杉通りと呼ばれている。

「高輪《たかなわ》の方へ、むかっていたのか」

東海道は、さらに高輪、品川《しながわ》へとつづいている。

「そうですよ。途中まで尾けてみたんですけどね。芝の二丁目辺りまでいったところで、見失ってしまったんです」

おゆらによると、二丁目に入って間もなく、増川たちは右手の路地に入ったという。おゆらは急いでその路地の入口のところまで行き、路地に目をやったが、増川たちの姿はなかったそうだ。

「わたし、路地に入らなかったんです。路地のどこかに忍びの目があり、下手に踏み込むと殺《や》られる気がしたから」

「おゆら、よく踏みとどまったな。その路地に踏み込んでいたら、生きてはいられなかったぞ」

歩きながら、植女が言った。

「その路地の先に、増川の隠れ家があるとみていいな」

泉十郎が言った。

3

「なかなか姿を見せないな」

泉十郎が声をひそめて言った。

泉十郎、植女、おゆらの三人は、芝二丁目に来ていた。三人は、街道沿いに植えられた松の樹陰《こかげ》から路地に目をやっていた。

そこは、増川がふたりの忍者とともに入ったという路地である。泉十郎たちは、増川が姿をあらわすのを待っていたのだ。

「出てきますかね」

おゆらは、あまり当てにしていないようだった。

「おい、あの武士、どこかで見かけなかったか」

植女が、路地を指差して言った。

羽織袴姿の武士が、街道から路地に入っていく。

「藩邸で見た顔だ。徒士かもしれんぞ」

泉十郎にも、その武士を成沢藩の上屋敷内で見かけた覚えがあった。

「あやつ、増川のところに来たのではないか」

植女が言った。

「まちがいない。増川の隠れ家に来たのだ」

泉十郎と植女がそんなやり取りをしている間に、武士は路地に入った。足早に路地の先に歩いていく。

「尾けるか」

植女が言って、樹陰から出ようとした。

「待て」

泉十郎は慌てて植女をとめた。

路地に入った武士は、足をとめていた。向かいから歩いてくるふたりの武士を待っているようだ。

「あのふたり、忍びだよ」

おゆらが言った。ふたりは、先日おゆらが跡を尾けた男かもしれない。

「こっちへ、歩いてくる」

おゆらが身を乗り出した。

見ると、三人は東海道の方へ歩いてくる。

三人は東海道に出ると、北に足をむけた。街道には旅人、駄馬を引く馬子《まご》、駕籠《かご》、それに次の宿場の品川にいく遊び人ふうの男の姿などがあった。品川宿は、肌を売る飯盛女《めしもりおんな》が多いことで知られ、江戸市中から女を抱くために出かけてくる男もいたのだ。

三人の男が遠ざかったところで、

「尾けるぞ」

と、泉十郎が言って樹陰から街道に出た。

泉十郎たちは、三人の男を尾け始めた。尾行は楽だった。東海道は人通りが多く、様々な身分の者が行き交っていたからだ。そうした通行人に泉十郎たちの姿は紛れ、前を行く三人が振り返っても気付かれる恐れはなかった。

前を行く三人は増上寺の前まで行くと、二手に分かれた。藩士だけが、増上寺の門前通りに入った。ふたりの忍者は、そのまま東海道を北にむかっていく。

「植女、ふたりで藩士を捕らえよう」

泉十郎が言った。藩士を捕らえれば、増川だけでなく、用人の川添が此度《こたび》の件にどう荷担《かたん》したか、分かるのではないかとみたのだ。

「承知」

植女が言った。

「あたし、ふたりの忍びを尾けるよ」

おゆらは、東海道に足をむけた。

「おゆら、深追いするな、相手は、腕のいい忍者だぞ」

泉十郎が念を押すように言った。

「無理しないよ」

おゆらは、足早にふたりの忍者の跡を尾け始めた。

泉十郎と植女は、武士の跡を尾けた。武士は増上寺の門前通りに入り、すこし歩いてから、右手の通りに足をむけた。そこは七軒町だった。増上寺の御成門につづく通りに出て、途中右手に折れれば、愛宕下の大名小路に入れる。

武士が大名小路に入ったところで、泉十郎と植女は走り出した。大名小路で、武士を捕らえようとしたのだ。

植女が先にたった。泉十郎より植女の方が足は速く、しかも足音をたてずに走ることができた。

植女が武士に近付いたとき、武士が気付いて振り返った。植女は武士の背後に迫っていた。

「な、何者だ！」

武士は驚いたような顔をして誰何《すいか》した。植女が何者か分からなかったのである。

植女は抜刀して、刀身を峰に返した。峰打ちにするつもりだった。武士は慌てて刀の柄を握って抜こうとした。

「遅い！」

植女は声を上げざま、居合の呼吸で刀身を横に払った。一瞬の太刀捌《たちさば》きである。

ドスッ、と皮肉を打つ鈍《にぶ》い音がした。植女の峰打ちが、武士の脇腹をとらえたのだ。武士は呻《うめ》き声を上げ、両手で腹を押さえてうずくまった。

「動くな！」

植女が切っ先を武士の喉元にむけた。

そこへ、泉十郎が走り寄り、武士の片腕をとって肩にまわした。そして、左腕で武士の体を抱えるようにして、いったん近くの大名屋敷の築地塀《ついじべい》の陰に連れ込んだ。表通りは、大名家に仕える武士や中間《ちゅうげん》などが通りかかって人目につく。その場で武士から話を訊くわけにはいかなかった。大名屋敷にいる藩士の耳にとどくだろう。

泉十郎と植女は、通りの人影が途絶えたときをとらえ、成沢藩の裏門近くの切り戸から捕らえた武士を藩邸内に連れ込んだ。そして、樹陰に武士を隠し、植女をその場に残して、泉十郎が山村の長屋に走った。

幸《さいわ》い山村は長屋にいたので、泉十郎が事情を話し、他の目付の手も借りて捕らえた武士を山村の長屋に連れ込んだ。

「おぬし、徒士の浅野泉之助《あさのせんのすけ》ではないか」

山村が、あらためて捕らえた武士の顔を見て言った。

浅野は顔をしかめただけで、何も言わなかった。体が小刻みに顫《ふる》えている。

4

「倉山さまをお呼びしよう」

山村はそう言って、浅野の前を離れた。

山村は浅野から話を訊くだけでなく、此度の事件に徒士頭の増川と用人の川添がかかわっていることをはっきりさせるため、口上書《こうじょうがき》をとっておきたかったのだ。倉山も同じ思いであろう。

いっときすると、山村が大目付の倉山を連れてもどってきた。倉山は、後ろ手に縛られている浅野を見て、

「徒士組の者だな」

と、語気を強くして訊いた。

「……！」

浅野は口を結んでいた。大目付の倉山を前にし、顔から血《ち》の気《け》が引き、体の顫えが激しくなった。

「この男、芝にある隠れ家に出向き、忍者たちと会っていたのです」

脇から、泉十郎が言った。

するると、浅野の顔が驚愕《きょうがく》にゆがんだ。芝で忍者たちと会っていたことまで摑まれているとは、思ってもみなかったのだろう。

「その隠れ家に、徒士頭の増川が身をひそめているな」

倉山が語気を強くして訊いた。

「……」

浅野は口をひらかなかった。蒼《あお》ざめた顔で身を顫わせている。

「増川が、増上寺界隈《かいわい》に身をひそめていることは、分かっている。忍者たちといっしょにいることもな」

倉山はそう言った後、

「増川は芝の隠れ家にいるな」

と、浅野を見据えて訊いた。

浅野は逡巡《しゅんじゅん》するような顔をしたが、

「隠れ家に、おられます」

と、肩を落として言った。追い詰められ、隠し切れなくなったのだろう。

「他の徒士も、出入りしているのか」

「知りません。増川さまは、他の徒士も出入りしているような口振りでしたが、名を口にされたことはありません」

「忍者は何人ほど出入りしているのだ」

「三、四人です」

浅野はすぐに答えた。隠す気は失せたようだ。

「他にも忍者はいるな」

「いるはずですが、どこにいるか聞いていません」

「そうか」

倉山は虚空に視線をむけて黙考していたが、

「増川は何が狙いで、小暮に指示して年寄の戸川さまを殺させたのだ」

と、浅野に目をやって訊いた。

浅野はすぐに答えず、逡巡するように視線を揺らしていたが、

「徒士頭で終わらぬためだと、口にされたのを聞きました」

と、肩を落として言った。

「戸川さまの跡を継いで、年寄になるためか」

倉山は腑《ふ》に落ちないような顔をした。年寄の戸川が亡くなっても、徒士頭から年寄

に栄進するのは無理である。

「ところで、用人の川添さまだが、増川とのつながりはあるのか」

倉山が声をあらためて訊いた。

「藩邸内で、増川さまが川添さまと話をしているのを見たことはありますが、立ち話のようでした」

「うむ……」

倉山の顔が厳しくなった。藩の重臣が藩邸内で顔を合わせ立ち話をするなど、めずらしいことではない。

倉山は身を引き、

「向井どの、何かあれば訊いてくれ」

と言って、泉十郎に目をやった。

「芝の隠れ家に身をひそめている増川の元に、用人の川添の手の者が行くこともあったのではないか」

泉十郎は、川添を呼び捨てにした。成沢藩士でないこともあったが、泉十郎の胸の内には、此度の件に、川添が背後で糸を引いているにちがいないという読みがあったからである。

「川添さまの手の者かどうか知りませんが、徒士ではない藩士が、芝の隠れ家に来たことがあると聞いたことはあります」

浅野は、隠さずに話した。倉山に答えたこともあるのだろうが、大罪を犯した増川の手の者と思われたくないのかもしれない。

「その武士が、川添の手の者だったかもしれんな」

泉十郎は小声で言った後、

「増川だが、今後どうするつもりなのだ。いつまでも、芝の隠れ家に身をひそめているわけにはいくまい」

と、浅野を見据えて訊いた。

「くわしいことは知りませんが、ちかいうちに国元にむかうと聞きました」

「駿河へ帰るのか」

泉十郎が聞き返した。

「そうです」

「いつだ」

泉十郎が身を乗り出して訊いた。

「いつだか、聞いていません」

すぐに、浅野が答えた。

泉十郎が口をとじると、脇にいた山村が、

「増川は国元へ帰り、江戸で戸川さまが殺された件について、自分たちとはかかわりがないと訴えるつもりかもしれません」

と、倉山に顔をむけて言った。

「国元の重臣のなかにも、谷隠流を身につけた者がいる。そうした者を介して、ご城代や年寄に、此度の件は江戸にいるわれらの捏造《ねつぞう》だと訴えるつもりかもしれぬ」

倉山が表情を厳しくして言った。

5

泉十郎たちは、浅野を別の部屋へ連れていった後、今後どう動くか、あらためて相談することにした。

「浅野から口上書をとり、国元へ持参して増川の悪事を訴えたらどうでしょうか。先に、島田からとった口上書もあるので、われらの訴えを信じてもらえるはずです」

山村が言った。

「山村の言うとおりだが、国元に向かう前に、増川を捕らえたらどうかな。隠れ家も分かっているのだ」

倉山が、その場にいる男たちに目をやって言った。

「増川を捕らえれば、川添が此度の件にどうかかわっているか、はっきりするかもしれない」

泉十郎が言った。

「増川を捕らえるなら、すぐに動いた方がいいな。浅野が捕らえられたことを知って、増川は隠れ家を変えるかもしれない。……隠れ家を出て、国元にむかう恐れもある」

「承知しました」

山村が応《こた》えた。

「いずれにしろ、増川を捕らえるのは明日だ。今夜のうちに動いて目付筋の者に伝え、明朝《みようちよう》芝へ向かうといい」

そう言い置いて、倉山は山村の住む長屋を後にした。

山村は倉山が出て行くのを待って、

「おれは、目付たちに知らせてくる」

と言って、立ち上がった。

後に残った泉十郎は植女と顔を見合わせ、

「おゆらは、どうしたかな」

と、小声で訊いた。ふたりの忍者の跡を尾けていったおゆらのことが気になってい
たのだ。

「おゆらのことだ。今夜のうちにも、姿を見せるだろう」

植女が抑揚のない声で言った。

植女の推測は、あたった。山村が長屋を出ていってから半刻（一時間）ほど経った
とき、泉十郎たちのいる部屋の雨戸をたたく音がした。

泉十郎が雨戸に身を寄せて「だれだ」と小声で訊くと、

「おゆらですよ」

と、かすかに声が聞こえた。他の部屋の者に聞こえないように、声をひそめたらし
い。

「待て、外へ行く」

泉十郎が声をかけ、植女とふたりで外に出た。おゆらを長屋に入れて話すわけには
いかなかった。

おゆらは闇に溶ける忍び装束に身を替えていたが、

「木の陰で話そう」

泉十郎はそう言って、植女とおゆらを闇の深い樹陰に連れていった。どこに藩士たちの目があるか分からないのだ。

「おゆら、何か知れたか」

泉十郎が訊いた。

「ふたりの忍びは、成沢藩の藩士らしい男と会ってましたよ」

「どこで会ったのだ」

「芝口橋《しばぐちばし》のたもとで、男が待っていたのです」

「そやつ、何者か分かるか」

泉十郎は、成沢藩の徒士でないかと思った。

「何者か分からないけど、ハヤカワと呼んでましたよ」

「ハヤカワな」

泉十郎は、山村に訊けば分かるかもしれないと思った。

泉十郎が口をとじたとき、

「おゆら、その武士が成沢藩士らしいと思ったのは、どうしてだ」

と、植女が声をひそめて訊いた。

「その武士の跡を尾けたんです。そうしたら、この屋敷に入ったので、藩士とみたわけです」

おゆらは、ハヤカワと呼ばれた武士とふたりの忍者が別れたとき、どちらを尾けるか迷ったという。ただ、忍者は芝の隠れ家に身をひそめていることが分かっていたので、武士の跡を尾けたそうだ。

「ハヤカワという武士だが、山村どのに訊けば、分かるのではないかな」

泉十郎はそう言った後、

「おゆらは、どうする。明日にも、芝の隠れ家に身をひそめている増川を捕らえるために、目付筋の者たちが芝にむかうようだ」

と、おゆらに目をやって訊いた。

「旦那たちは、どうするんです」

おゆらが、訊いた。

「むろん、おれと植女は討手《うって》にくわわる」

「わたしも芝に行くけど、闘いにはくわわらない」

おゆらは、「様子を見ている」と小声で言い添えた。

「そうしてくれ」

泉十郎も、おゆらは陰で闘いの様子を見ていて、逃げる者がいれば跡を尾けて行き先をつきとめて欲しかった。そうした尾行は、成沢藩士にはできない。忍びの術を身につけているおゆらだからこそできるのだ。

「あたし、これで行くよ」

そう言い残し、おゆらは闇のなかに消えた。

泉十郎と植女が長屋の部屋にもどっていっときすると、山村がもどってきた。

「明日、何人ほど芝へ向かえる」

泉十郎が訊いた。

「目付と下目付で、総勢十二人」

山村が目つきを厳しくして言った。

「それに、おれたちふたりがくわわる。十分だな」

芝の隠れ家にいるのは、忍者が三、四人、それに増川。別に徒士がいたとしても、ひとりかふたりであろう。

「明日の早朝、ここを出るつもりだ」

山村が言った。

「今夜、おれと植女は、ここに泊めてもらってもいいかな」

「泊まってくれ。ふたりがいっしょだと心強い」

山村がほっとしたような顔をした。

「ところで、山村どのは、ハヤカワという藩士を知っているか。忍者たちの跡を尾けたとき、ハヤカワという名が耳に入ったのだ。何者かまったく分からないので、訊いてみたのだが」

泉十郎は、おゆらのことは口にせずに訊いた。

「早川市之助《はやかわいちのすけ》かもしれない」

山村の顔が、ひきしまった。

「早川市之助という男は、何者だ」

すぐに、泉十郎が訊いた。

「御使番だ。用人の川添についている」

山村は、川添を呼び捨てにした。年寄の戸川を殺した背後に、川添がいるとみているのだろう。

「なに、川添の配下だと」

泉十郎の声が大きくなった。

「忍者が早川のことを口にしたのか」

山村が念を押すように訊いた。

「そうだ。早川という男は、芝の隠れ家にいた忍者と会っていたのだ」

「やはり、川添が背後で動いている」

山村が虚空を睨むように見据えて言った。

「此度の件の黒幕は、川添か」

泉十郎の双眸が、獲物を前にした獣のように鋭いひかりを帯びている。

6

翌朝、まだ夜が明けきらないうちに、植女が先にひとりで藩邸を出た。

植女は先に行って隠れ家を確かめるとともに、泉十郎たちが到着するまで見張ることになったのだ。

泉十郎たちは、増川の隠れ家がどこにあるか摑んでいなかった。東海道から路地を入ったすぐの所にあるらしいことは分かっていたが、確かめていなかったのだ。

泉十郎たちは討手のような身装ではなく、羽織袴姿で二刀を帯びていた。ふだん、藩邸に出入りしているような格好である。そして、ひとりふたりと別々に藩邸を出た。藩士たちに、増川を捕らえにいくことを知られないように気を遣ったのだ。

泉十郎たちは、愛宕下の大名小路から増上寺の御成門の前の通りを経て、東海道に入った。

まだ、明け六ツ（午前六時）を過ぎて間がなかったので、東海道の人影はまばらだった。それでも、江戸から品川宿にむかう旅人の姿は目にとまった。

曇天《どんてん》だった。泉十郎たちは増上寺の前を通って、金杉橋のちかくまで来たが、薄暗かった。それでも、雲が風で動き、東の空の雲の間から薄日が差していた。いっときすれば、晴れてくるかもしれない。

泉十郎たちは、足を速めた。隠れ家にいる者たちが動き出す前に、仕掛けたかったのだ。

増川と忍者たちの隠れ家のある芝二丁目の路地近くまで来ると、街道沿いに植えられた松の樹陰に植女の姿があった。そこで、泉十郎たちを待っていたらしい。

「隠れ家は、知れたか」

すぐに、泉十郎が訊いた。

「知れた。そこの路地を入った先だ」

植女によると、路地沿いに板塀をめぐらせた仕舞屋《しもたや》があり、そこが隠れ家になっているという。

「増川はいるのか」

泉十郎は、気になっていたことを訊いた。増川がここの隠れ家にいる確信がなかったのである。

「それが、はっきりしないのだ」

植女によると、家のなかから何人かの男の話し声は聞こえたが、増川を呼ぶ声や増川と思われる者の声は、聞こえなかったという。

「増川は、おれたちの動きを察知して身を隠したかもしれん」

増川の身辺にいる忍者たちが、藩邸の動きに目を配っていて、目付筋の者が芝の隠れ家を襲うことを察知したかもしれない。

「どうする」

山村が泉十郎に訊いた。山村は踏み込むか、このまま藩邸にもどるか、迷ったらしい。

「踏み込もう。増川がいなかったとしても、忍者のひとりでも討てば、ここまできた甲斐《かい》があったということだ」

泉十郎が言った。

「よし、踏み込もう」

山村が、他の目付や下目付たちに聞こえる声で言った。

「こっちだ」

植女が先にたった。

路地に入って一町ほど歩くと、植女が路傍《ろぼう》に足をとめ、

「あの家だ」

と言って、路地沿いにあった仕舞屋を指差した。

板塀をめぐらせた家だった。路地沿いに、木戸門があった。二本の柱に腕木をのせただけの簡素な門で、門扉もなかった。

「裏手は」

泉十郎が訊いた。

「裏手にも、板塀がめぐらせてある。家の背戸はあるが、通りに出るには板塀を越えるか、家の脇を通って表に出るかだ」

植女が答えた。植女は家の裏手まで行って探ったらしい。

「植女、念のため裏手にまわってくれ」

泉十郎はそう言った後、山村に「五人ほど、植女といっしょに裏手にまわしてくれ」と頼んだ。

「承知した」

山村はすぐに、近くにいた藩士五人に声をかけ、植女といっしょに裏手にまわるよう指示した。

「相手は、忍者だ。棒手裏剣を打ってくる。無理をせず、物陰に身を隠しながら近付くのだ」

泉十郎が言うと、その場にいた藩士たちがうなずいた。どの顔にも、緊張の色があった。

「いくぞ」

泉十郎が声をかけると、男たちは足音を忍ばせて隠れ家に近付いた。

木戸門の前まで来ると、植女が、「裏手にいくぞ」と声をかけ、五人の藩士とともに板塀の脇を通って裏手にむかった。

泉十郎たちは、足音を忍ばせて家の戸口に近寄った。戸口の板戸はしまっていた。家のなかから物音は聞こえなかったが、ひとのいる気配がした。

泉十郎は板戸の前まで来ると、背後にいる山村と同行した者たちに、「踏み込むぞ」

と口だけ動かして伝え、板戸をあけた。

敷居の先に狭い土間があり、その奥がすぐに座敷になっていた。座敷に人影はなかった。座敷の奥に襖《ふすま》がたててあり、その奥にひとのいる気配がした。

……何人かいる！

泉十郎は察知すると、抜刀して身構えた。相手は、忍者である。どこから棒手裏剣を打ってくるか分からない。

泉十郎につづいて、山村や同行した男たちが次々に刀を抜いて身構えた。

泉十郎が、先に座敷に踏み込んだ。そのとき、奥の襖があいた。座敷に三人の男がいた。筒袖に裁着袴姿だった。忍者らしい身支度だが、頭巾はかぶっていなかった。敵が踏み込んでくるとは、思っていなかったようだ。

「敵だ！」

三人のうちの大柄な男が声を上げ、懐《ふところ》から何やら掴みだした。

「棒手裏剣だ」

叫びざま、泉十郎はすばやい動きで大柄な男に迫った。泉十郎は剣だけでなく忍法も身につけていたので、こうした場での咄嗟《とっさ》の動きは速い。

大柄な男が、手にした棒手裏剣を泉十郎にむかって打った。

刹那《せつな》、泉十郎は刀を払って棒手裏剣を打ち落とし、大柄な男に身を寄せざま袈裟《けさ》に斬り込んだ。

ザクリ、と大柄な男の肩から胸にかけて裂け、血が噴出した。男は呻き声をあげてよろめいた。

だが、男はよろめきながら右手の廊下へ逃れた。致命傷になるような深手ではないようだ。

「逃がさぬ！」

泉十郎がすばやい動きで男に身を寄せ、刀を袈裟に一閃《いっせん》させた。

切っ先が、男の首をとらえた。首から血が激しく飛び散り、男は腰から沈むように転倒した。泉十郎の切っ先が、男の首の血管《ちくだ》を斬ったのである。

7

座敷では、踏み込んだ山村たち目付筋の者と、ふたりの忍者の闘いが始まっていた。

ふたりの忍者のうちのひとり、小柄な男が棒手裏剣をつづけざまに打ち、山村たちが怯《ひる》んだ隙《すき》をついて、左手の障子をあけて外へ飛び出した。そこは、濡れ縁になっていた。濡れ縁の先に狭い庭がある。

小柄な男は、庭を逃げた。路地にむかっている。

「待て！」

山村とふたりの目付が、濡れ縁から庭に飛び出した。そして、抜き身を引《ひ》っ提《さ》げたまま逃げる男を追った。

座敷には、もうひとりの忍者がいた。痩身で、動きが敏捷《びんしょう》だった。ふたりの目付が切っ先をむけて迫ると、棒手裏剣は打てないとみて、通常の大刀よりすこし短い忍刀を抜いた。刀を右手だけで持ち、切っ先を敵の喉元にむけている。

タアッ！

忍者は鋭い気合を発し、いきなり正面に立っていた目付に斬りつけた。

振り上げざま、真っ向へ――。

咄嗟に、正面にいた目付は刀を振り上げて、忍者の斬撃を受けた。だが、無理な体勢だったため、腰が砕けてよろめいた。

すかさず、忍者は踏み込んで斬りつけようとした。

だが、忍者の左手にいた目付のひとりが、忍者の隙をついて斬り込んだ。

袈裟へ——。

ザクリと、忍者の肩から胸にかけて小袖が裂け、あらわになった胸から血が噴いた。忍者は呻き声を上げ、よろめくような足取りで濡れ縁にむかった。

「逃がすか!」

叫びざま、目付が斬り込んだ。

切っ先が、逃げる忍者の肩先をとらえた。忍者は低い呻き声を上げ、さらに逃げようとして濡れ縁に飛び出そうとした。

これを目にした泉十郎は、忍者の前にまわり込み、

「動くな!」

叫びざま、忍者の首筋に切っ先を突き付けた。

一瞬、忍者は棒立ちになった。そこへ、ふたりの目付が近付き、忍者の両腕をとって押さえ付けた。

座敷での闘いは、終わった。忍者のひとりに逃げられたが、ひとり斬り、もうひとりは捕らえていた。

いっときすると、裏手にまわっていた植女たちが、泉十郎たちのいる座敷に入ってきた。

「植女、裏手に忍者はいなかったのか」

泉十郎が訊いた。

「背戸からひとり逃げようとしたが、おれが仕留《しと》めた」

植女が言った。植女の小袖が、返り血を浴びて赤く染まっている。

「この男、生きているのか」

植女が、ふたりの目付に押さえ付けられている忍者に目をやって訊いた。

「生かしておいたのだ。話を訊くつもりでな」

そう言って、泉十郎は血に染まっている忍者に体をむけた。

「おぬしの名は」

泉十郎が忍者に訊いた。

忍者は、何も答えなかった。泉十郎に目をむけて顔をしかめただけである。

「何も、喋《しゃべ》らないつもりか」

泉十郎は、捕らえられた忍者が、滅多《めった》なことでは問いに答えないと知っていた。

「おぬしの命は、長くない。おれたちが、葬《ほうむ》ってやる」

泉十郎はそう言った後、

「話せることだけでいい。……ここにいた徒士頭の増川は、どこへ身を隠した」

と、増川の名を出して訊いた。

忍者は苦しげに顔を歪《ゆが》めただけで、何も答えなかった。

「増川はおまえたちの頭《かしら》か」

泉十郎がさらに訊くと、忍者はかすかに首を横に振った。声に出して答えなかったが、忍者たちの頭でないことを示したのである。隠すようなことではない、と思ったのだろう。

「いま、増川はどこにいる」

さらに、泉十郎が訊いた。

忍者は低い呻き声を洩《も》らしただけで、何も答えなかった。顔から血の気が引き、体も顫えている。

「国元に帰ったのだな」

泉十郎が念を押すように言った。

「ま、まだ、江戸にいる」

忍者は、苦しげに顔をしかめて言った。喋ったというより、泉十郎の言葉を否定したかったようだ。忍者の仲間は、泉十郎たちから逃げるようなことはない、と言いたかったのだろう。

「江戸のどこだ」

さらに、泉十郎が訊いた。

だが、忍者は答えなかった、顔をしかめ、苦しげに身をよじっただけである。

「用人の川添が、増川を匿《かくま》っているのではないか」

泉十郎が川添の名を出すと、忍者の顔に驚いたような表情が浮いたが、すぐに苦痛に顔を歪めた。

泉十郎は、忍者が一瞬見せた表情から、

……川添が増川を匿っている。

とみたが、確信はなかった。

そのとき、忍者はグッと喉の詰まったような呻き声を上げ、顎《あご》を前に突き出すようにして背を反らせた。次の瞬間、忍者の全身から力が抜け、ぐったりとなって頭《こうべ》が垂れた。

「死んだ」

泉十郎が、つぶやくような声で言った。

8

藩邸内の倉山の住む小屋に、五人の男が集まっていた。倉山、泉十郎、植女、山村、それに江戸家老の丹沢だった。丹沢には、倉山が声をかけて来てもらったのである。

泉十郎たちが、芝にあった増川の隠れ家を奇襲し、忍者たちを討ち取って五日過ぎていた。この間、泉十郎たちは増川の行方を捜したが、見つからなかった。今後どうするか、倉山は丹沢に相談するために、丹沢を呼び出したのだ。

「増川は、まだ江戸にいるとみているのか」

丹沢が訊いた。

「江戸にいると、みております」

倉山はそう答えた後、山村に目をやった。山村から話すように促《うなが》したのだ。

「まだ、増川さまと川添さまに味方している忍者が数人、江戸に残っております。それに、増川さまに従っていると思われる徒士の動きもありません」

山村は、増川さま、川添さま、と呼んだ。さすがに、家老の丹沢の前では、呼び捨てにできなかったようだ。

「ところで、御使番の早川市之助という男を捕らえたそうだな」

丹沢が倉山に目をやって訊いた。

「はい、捕らえました」

「早川は、用人の川添についていたと聞いているが」

「はい、早川は川添さまの指図にしたがっていたようです」

倉山が言った。

山村をはじめとする目付たちが、三日前、早川を捕らえ、訊問《じんもん》していたのだ。

丹沢が訊いた。

「何か新たなことが知れたのか」

「やはり、川添さまは背後で増川さまと結びつき、表に出ないように陰で動いていたようでございます」

倉山が声をひそめて言った。

「そうか」

丹沢は、虚空を睨むように見据えて黙考していたが、

「川添は表には出ず、徒士頭の増川を使って年寄の戸川を暗殺させ、その後釜に座る

つもりだったのだな」

と、言った。その声が、かすかに震えていた。胸に強い怒りが、突き上げてきたにちがいない。

次に口をひらく者がなく、座敷は重苦しい沈黙につつまれていたが、

「気になってならないのですが」

と、泉十郎がつぶやくような声で言った。

「何が気になる」

すぐに、倉山が訊いた。

「増川は江戸市中に身をひそめたままです。用人の川添は藩邸内にとどまり、小屋に謹慎しているようですが、やはり江戸を離れるような動きはありません。それがしは、ふたりが何か待っているような気がするのですが」

泉十郎は増川と川添を呼び捨てにした。

「何を待っているのだ」

丹沢が身を乗り出すようにして訊いた。

「援軍です」

「援軍だと！」

丹沢の声が、大きくなった。その場にいた倉山と山村も、驚いたような顔をして泉十郎を見た。

「国元から江戸に呼んだ谷隠流の忍者たちは、いま何人も残っていないはずです。増川に従う徒士もわずかです」

「確かに、増川たちの味方はわずかだ」

倉山が言った。

「増川や川添にしてみれば、このまま江戸にとどまるにしろ、国元へ帰るにしろ、いまの手勢ではどうにもならないはずです。そこで、国元から新たに忍者を呼び寄せ、その者たちが江戸に着くのを待っているとみているのですが」

「そうかもしれん」

倉山が顔を厳しくして言った。

丹沢は口をとじたまままちいさくうなずいた。

座敷が静まったとき、

「増川と川添の援軍が、江戸に着くのを待っている手はない」

泉十郎がふたたび言った。

「向井どの、何かいい手はあるか」

倉山が訊いた。

「すでにわれらは、年寄の戸川どのを殺した小暮が増川の配下であり、増川を匿った柴崎が川添の手の者であることを摑んでいます」

「それで」

倉山が話の先をうながした。

「どうでしょうか、国元に使者を送り、ご城代や重臣の方々に増川や川添の悪事を上申したら」

泉十郎が丹沢と倉山に目をやって言った。

「国元のご城代たちが、われらの言い分をそのまま信じるかな。それに、国元には増川や川添に味方する者もいるぞ」

倉山の顔には、憂慮《ゆうりよ》の色があった。

「口上書を持参したらどうでしょうか」

泉十郎が言った。これまで、増川と川添に従っていた者を何人か捕らえ、口上書を取ってあった。

「口上書を持参すれば、国元にいるご城代も信じてくれよう」

丹沢はそう言った後、「わしも、上申書を書こう」と言い添えた。

丹沢につづいて、倉山が、

「だれが、国元にむかう」

と、その場にいた山村や泉十郎たちに目をやって訊いた。

「それがしが、国元へむかいます」

すぐに、山村が言った。

「向井どのたちにも、ご足労願えるかな」

丹沢が、泉十郎と植女に目をやって訊いた。

「そのつもりです」

泉十郎が言うと、植女もうなずいた。

「よし、山村と向井どのたちに行ってもらおう」

丹沢が声を大きくして言った。

その場の話がとぎれたとき、

「それがし、気になっていることがあるのですが」

と、植女がつぶやくような声で言った。

「何が気になる」

泉十郎が訊いた。

「いや、増川のことだ。なぜ、増川は徒士頭という役職を捨ててまで、危ない橋を渡っているのか。理由が分からないのだ」

「そういえば、増川と川添がつながった理由も分からないな。川添は、谷隠流一門ではないようだし……」

泉十郎も腑に落ちなかった。

「いずれにしろ、増川か川添を捕らえて話を訊けば、はっきりする」

倉山が語気を強くして言った。

第四章　東海道

1

まだ暗いうちに、七人の男が成沢藩の上屋敷を出た。山村、泉十郎、植女、岸崎、それに新たにくわわった三人の目付と御使番である。七人は、旅装束だった。これから、駿河国にある成沢藩にむかうのだ。

泉十郎たちが家老の丹沢や大目付の倉山と話してから、五日経っていた。この間、増川の潜伏先をつきとめるために、増川とかかわりのある地を探ったが、隠れ家は見つからなかった。また、用人の川添は、藩邸内でおとなしくしているようだった。ただ、増川や川添が己の野望を捨てたわけではないことは、明白だった。増川の元に新たな忍者たちがくわわったらしく、執拗《しつよう》に山村や泉十郎たちの跡を尾けるようになったのだ。

山村たちは、これまでに捕らえた者の事件にかかわる口上書と丹沢の上申書を持っていた。それらの書を見れば、増川や川添が何をしたか明らかになるはずである。泉十郎たち七人はそれらの書を持って国元に行き、増川たちの悪事を明白にして、重臣たちに裁断を下してもらうのだ。

泉十郎たち七人は藩邸を出ると、増上寺御成門の前の通りを経て東海道に入った。まだ夜明け前だったが、東海道にはちらほら人影があった。朝の早い旅人が、品川宿にむかっていく。

「跡を尾けている者はいないな」

泉十郎が、背後を振り返って言った。

「増川たちが見逃すはずはないぞ。かならず、何か仕掛けてくる」

植女が小声で言った。

泉十郎と植女は、山村たち藩士からすこし離れて歩いていた。

「おれもそうみている」

「おゆらは、どうしたかな」

「おゆらのことだ。おれたちが駿河にむかうことを知って、後を追ってくるはずだ」

泉十郎は、おゆらが泉十郎たちの動きにも目を配っていることを知っていた。

「おれたちの先を、歩いているかもしれん」

泉十郎と植女は、そんなやり取りをしながら東海道を次の宿場にむかって歩いた。

増上寺の前を過ぎ、新堀川にかかる金杉橋を渡ったところで、山村が何度か背後を振り返った。そして泉十郎に身を寄せ、

「跡を尾けてくる者は、いないようだ」

と、小声で言った。

「いや、増川たちが見逃すはずはない。藩邸からおぬしたちがいなくなったことは、すぐに気付くからな」

泉十郎は、増川たちはかならず追ってくるとみていた。増川や徒士たちだけなら恐れることはないが、忍者たちは侮《あなど》れない相手である。どこで、どんな奇襲を仕掛けてくるか分からない。棒手裏剣だけでなく、弓や鉄砲を使うかもしれない。

「油断はできないな」

山村が顔をひきしめて言った。

そんなやり取りをして歩いているうちに、泉十郎たちは入間川《いりあいがわ》にかかる芝橋まで来ていた。前方左手に、江戸湊の海原がひろがっている。

青い海原の波間に浮いている猪牙舟《ちょきぶね》が、木の葉のように見えた。白い帆を張った大型廻船《かいせん》が品川沖の方へゆったりと航行していく。

泉十郎たちは海原を左手に見ながら、海岸沿いの道を品川宿にむかった。品川は東海道の初めの宿場である。

泉十郎たちは歩行《かち》新宿《しんじゆく》に入った。品川宿は、北から歩行新宿、北本宿、南本宿と分かれていたのだ。

歩行新宿に入ると、街道は急に賑やかになった。街道沿いには旅籠《はたご》だけでなく、茶店、料理屋、旅に必要な笠や合羽《かっぱ》を売る店などが並んでいた。旅人、駕籠舁《かごかき》、駄馬を引く馬子《まご》などが行き交っていた。

品川は肌を売る飯盛女《めしもりおんな》で知られた宿場である。多くの旅籠の飯盛女が街道に出て、通りかかる旅人の袖を引いている。

「尾けている様子はないな」

泉十郎が、植女に身を寄せて言った。

「仕掛けてくるとすれば、品川宿を抜けてからだ」

植女が言った。

「駿河までは長い。途中、いくらでも襲うところはあるからな」

泉十郎は、人気《ひとけ》のない林間や山間《やまあい》の地で襲うのではないかとみていた。駿河に行くには箱根《はこね》の山を越えなければならないので、そこで襲われる可能性が高い。

「おゆらの姿もないな」

「そのうち、姿をあらわすさ」

泉十郎は、おゆらが江戸にとどまっているはずはないとみていた。

歩行新宿から北本宿に入ったところに茶店があった。山村が泉十郎と植女に近付き、

「どうだ、茶店で一休みしないか」

と、声をかけた。

「いいな」

泉十郎が言った。まだ喉《のど》は渇《かわ》いてなかったが、先が長いので同行した目付たちに一休みしてもらおうと思ったのだ。それに、朝餉《あさげ》を食べていなかったので、腹がすいていた。

泉十郎たちは茶店に腰を下ろし、茶と饅頭《まんじゅう》を頼んだ。めいめいとどいた茶で喉を潤《うるお》し、饅頭を食べながら行き来する旅人に目をやっていた。

ふいに、植女が泉十郎に身を寄せ、

「おゆらだ」

と、ささやいた。山村たちに聞こえないように気を遣ったらしい。

巡礼姿のおゆらが、行き交う旅人に身を隠すようにして歩いてくる。笠で顔を隠し、笈《おい》を背負い、息杖《いきづえ》を手にしていた。顔は見えなかったが、歩く姿からおゆらと分かった。

おゆらは茶店にいる泉十郎たちに気付いたらしく、わずかに頭を下げたが、歩調も変えずに通り過ぎた。山村たちは、まったく気付かない。

「増川たちは、姿を見せないな」

山村が行き交う旅人に目をやりながら言った。

「そのうち、姿をあらわす」

増川はともかく、忍者たちがそれと分かるような格好で歩いているはずはない、と泉十郎は思ったが、それ以上口にしなかった。

泉十郎たちは、饅頭で腹拵《はらごしら》えをしてから茶店を出た。それ以上、品川宿では足をとめることなく通り過ぎた。

次の宿場は、川崎《かわさき》だった。品川から川崎宿までおよそ二里半（約九・八キロ）。泉十郎たちは、通りかかる旅人や街道沿いの樹陰《こかげ》などに目をやりながら歩いたが、増川たちや忍者らしい者を目にすることはなかった。

2

泉十郎たちは、足をとめることなく川崎宿を通り過ぎ、次の宿場である神奈川《かながわ》宿にむかった。川崎宿から神奈川宿まで、二里半である。

川崎から神奈川まで海岸沿いの道がつづいていた。左手に海原を眺め、潮風を受けながら泉十郎たちは歩いた。

泉十郎たちは、何事もなく神奈川宿に着いた。そして、宿場の茶店で昼めし代わりに、団子を食べた。泉十郎たちは藩邸から出立《しゅったつ》したこともあって、弁当を持ってこなかったのだ。

神奈川宿を出ると、保土ケ谷《ほどがや》、戸塚《とつか》と歩き、次の藤沢《ふじさわ》宿でその日の宿をとることにした。

泉十郎たち七人が草鞋《わらじ》を脱いだのは、松波屋《まつなみや》という藤沢宿では大きな旅籠だった。幸《さいわ》い二部屋あいていたので、泉十郎と植女が奥の小部屋に、山村たち五人が大部屋に泊まることになった。

その夜、風呂を使った後、泉十郎たち七人は大部屋に集まった。泉十郎と植女が大部屋に顔を出すと、酒肴《しゅこう》の用意がしてあった。旅立った初めての夜であり、今後の策を相談することもあって、山村が酒を頼んだらしい。

泉十郎たち七人が顔をそろえると、

「まずは、一献《いっこん》」

そう言って、山村が泉十郎と植女に酒を注《つ》いでくれた。

座敷にいた七人が注ぎ合いながらいっとき飲んでから、

「これからのことを相談したい」

と、山村が切り出した。

「江戸からわれらを追ってきた者は、いないようですが」

若い岸崎が言った。

すると、つづいて田村《たむら》という目付が、

「街道筋に目を配って歩いたのですが、それらしい者はまったく見掛けませんでした」

と、言い添えた。

他の目付たちからも、「忍者らしい者は、見掛けなかった」「追っ手は、いないのではないか」という声が聞こえた。

「いや、追っ手が仕掛けてくるとしたら、これからだ」

泉十郎が言った。

座敷にいた目付たちの目が、泉十郎に集まった。

「相手は忍びだ。広い場所で斬り合うようなことは避ける。山間の地で、物陰から手裏剣や弓で攻撃するか。それとも、斜面の上から大きな石を転がして落とすか……。いずれにしろ、品川から藤沢宿まで、そうした奇襲に適した地はなかった」

泉十郎が言うと、男たちは厳しい顔をしてうなずいた。

「しかし、これから国元までの街道筋には、忍者たちが攻撃するのに適した場所がいくらもある。気を引き締めて、旅をせねばなるまい」

山村が言うと、目付たちが表情を引き締めた。

その夜、泉十郎と植女は久し振りで酒を飲んだこともあって、早めに自分たちの部屋へ引き上げた。

「植女、寝るか」

泉十郎が植女に声をかけ、夜具に横になったときだった。

街道側の障子の向こうで、ホウ、ホウ、という梟《ふくろう》の鳴き声が聞こえた。

「おゆらだ」

植女が身を起こした。

泉十郎と植女は街道側の障子をあけ、手摺《てすり》から身を乗り出すようにして街道を見た。夜陰のなかに、黒い人影があった。おゆららしい。巡礼姿ではなく、闇に溶ける茶の筒袖と裁着袴姿である。顔も頭巾で隠している。そう思って見なければ、そこに人がいることも分からない。

おゆらは、泉十郎たちの部屋から洩《も》れる灯に身を寄せると、片手を上げて、街道の右手を指差した。そちらに行く、という合図らしい。

泉十郎と植女はすばやく浴衣《ゆかた》を小袖と裁着袴に着替え、宿の者の目に触れないように外に出た。そして、右手に歩くと、旅籠の灯がとどかない路傍の闇のなかにおゆらが立っていた。

「おれたちが松波屋に泊まっていると、どうして分かったのだ」

泉十郎が訊いた。

「旦那たちの跡を尾けてたんですよ」

「さすが、おゆらだ。気付かなかったぞ」

「旦那たちは、忍びたちが跡を尾けていたのも気付かなかったようだね」

おゆらが、闇のなかに立ったまま言った。

「やはり尾けていたか。そう思って、目を配って歩いていたが、気付かなかったな」

泉十郎が言うと、

「おれもだ」

と、植女が言い添えた。

「植女の旦那も、気付かなかったのかい。……無理ないか。忍びたちは用心して、旦那たちに近付かなかったからね」

「それで、敵の人数は」

泉十郎が訊いた。

「あたしが目にしたのは、三人。でも、当てにならないよ。姿を見せない者が何人もいるはずだからね」

「おゆらの言うとおりだ。忍者のなかには、街道など通らない者がいるからな」

泉十郎は、そう言った後、

「武器を手にしている者を見たか」

と、声をあらためて訊いた。

「見ましたよ。ひとりだけ、弓を持った者がいたね。棒手裏剣と弓を遣《つか》って、物陰から一斉《いっせい》に仕掛けるつもりだよ」

おゆらが、声をひそめて言った。闇のなかで、双眸《そうぼう》が青白くひかっている。

「鉄砲を持った者はいないのか」

植女が訊いた。

「鉄砲を持ち歩くと目につくからね。それに、忍びの者たちは、手裏剣と弓を遣い慣れているから、鉄砲は遣わないと思うよ」

「おゆらの言うとおりかもしれぬ」

忍者たちは棒手裏剣と弓で襲ってくる、と泉十郎はみた。棒手裏剣と弓でも侮れない。物陰から一斉に仕掛けられたら、味方に何人もの犠牲者が出るはずだ。下手をすると、七人皆殺しになるかもしれない。

「ところで、増川たちを見掛けたか」

泉十郎が訊いた。

「旦那たちのずっと後ろから歩いてきますよ」

「供は」

「徒士と思われる武士が、四人」

「おれたちの襲撃には、くわわらないようだ」

増川は、忍者たちの闘いぶりによっては同行した徒士たちも闘いにくわえるだろう、と泉十郎はみた。

「おゆら、頼みがある」

泉十郎が声をあらためて言った。

「なんです」

「おれたちより先を歩いて、潜伏している敵に気付いたら知らせてくれないか」

泉十郎は、斥候《せっこう》としておゆらほど頼りになる者はいないとみていた。

「あたしも、そのつもりですよ」

おゆらは植女に身を寄せ、「植女の旦那と一緒に歩きたいけど、仕方ないね」とささやいて、足早にその場から離れていった。

3

泉十郎たちは朝餉を食べると、松波屋に頼んでおいた弁当を持って宿場に出た。まだ明け六ツ（午前六時）前で、宿場は夜陰《やいん》につつまれていたが、あちこちで話し声や馬の嘶《いなな》きなどが聞こえた。旅人たちは、朝が早い。夜が明けきらないうちに、宿場を出る旅人が多いのだ。

泉十郎たちも、暗いうちに藤沢宿を出るつもりだった。藤沢から次の宿場の平塚《ひらつか》までおよそ三里半（約一三・七キロ）だった。道中は長く、途中人家の途絶えた畑地や雑木林《ぞうきばやし》のなかも通る。

念のため、泉十郎が先にたった。忍者の潜んでいそうな地に目を配りながら歩くのだ。植女はしんがりだった。

泉十郎は宿場を出ると、街道筋の物陰や雑木林のなかなどに目を配りながら歩いた。

藤沢宿を出てしばらく歩くと、四ツ谷《よや》と呼ばれる地に出た。そこで、街道は二手に分かれていた。東海道はそのまま南にむかい、右手に入る道は大山道《おおやまみち》と呼ばれ、大山寺に通じている。

泉十郎たちは、東海道を次の宿場である平塚にむかった。四ツ谷から茅ケ崎《ちさき》を通り過ぎ、民家が途絶えた地に入った。街道沿いに、田畑や雑木林がつづいている。

泉十郎は、巡礼が街道沿いに植えられた松の根元に腰を下ろして一休みしているのを目にした。

……おゆらだ！

泉十郎は、この辺りに忍者たちが潜伏していると察知した。それを知らせるために、おゆらは泉十郎たちを待っているのだ。

泉十郎はそばにいた目付に、「ちと、用足しに」と言い残し、小走りにおゆらのそばにむかった。

おゆらは泉十郎が走ってくるのを目にすると、すぐに立ち上がり、松の幹の陰に身を隠した。

泉十郎は小便をするふりをして、松の右の陰にまわった。

「二町ほど先の雑木林のなかに、四、五人潜んでいます。いずれも、忍びの者です」

おゆらが小声で言った。

「街道のどちら側だ」

「右手に」

左手は、雑草地になっているという。

「持っている武器は」

「弓と槍《やり》。恐らく、棒手裏剣も遣うはずです」

「鉄砲はないな」

泉十郎が、念を押すように訊いた。

「鉄砲を持っている者はいません」

「おゆら、助かったぞ。おゆらから聞かなかったら、弓と棒手裏剣の餌食《えじき》になっていたところだ」

泉十郎はそう言い残し、すぐに植女や山村たちのそばに戻った。

合流後は何食わぬ顔をして歩いていたが、前方に雑木林が見えるところまで来ると

足をとめ、

「いま、あの林のなかで、何か光る物が見えた」

と、目つきを厳しくして言った。

「光る物とは」

山村が訊いた。

「刃物だ。刀か槍か」

「敵が潜んでいるのか！」

山村が、顔をこわばらせた。そばにいた目付たちの顔にも、緊張がはしった。

「そうみていい。だが、潜んでいる場所が分かれば、恐れることはない。返り討ちにしてくれる」

泉十郎は、「敵に気付かれないように、これまでと同じように歩いてくれ」と声をかけてから、植女と山村を呼んだ。

泉十郎は植女と山村に、

「敵が潜んでいる近くまで行ったら、おれと植女とで雑木林に踏み込む。山村どのたちは、すこし遅れてそのまま来てくれ」

と、伝えた。

「承知した」

山村が緊張した面持《おもも》ちで言った。

「それで、おれか植女が、踏み込め、と声をかけたら、雑木林のなかに踏み込んでくれ」

泉十郎が言い添えた。

泉十郎と植女が先にたち、すこし間を置いて山村たち五人がつづいた。泉十郎たちは、何事もなかったように雑木林に近付いていく。

雑木林のなかには、落ち葉が積もっていた。踏み込むと、枯れ葉を踏む音がひびくだろう。泉十郎が雑木林の前まで来ると、林間にかすかに人影が見えた。何人かいる。待ち伏せている忍者たちらしい。

……五人だ！

林間に、五人の男たちの姿が見えた。いずれも、筒袖に裁着袴で、顔を頭巾で覆っていた。忍者とみていい。近くに、武士体の者はいなかった。増川や徒士たちは、この場にはいないようだ。待ち伏せているのは、忍者だけらしい。

泉十郎は雑木林の前まで来ると、

「植女、踏み込むぞ」

と声をかけ、雑木林に踏み込んだ。

植女が泉十郎につづき、山村たちはすこし歩調を緩《ゆる》めただけで、そのまま街道を歩いていく。

ザザザッ、と、笹を分ける音や落ち葉を踏む音が雑木林のなかにひびいた。前方にいる忍者たちが音のする方に顔をむけ、

「敵だ！」

「踏み込んできたぞ！」

と叫ぶ声が聞こえた。

つづいて、忍者たちが、「槍と弓は、使えぬ！」「手裏剣と刀だ！」と叫んだ。

五人の忍者は、槍と弓を捨て、棒手裏剣を手にした。そして、雑木林のなかの太い幹を選び、その陰にまわった。そこから、棒手裏剣を打つ気らしい。

かまわず、泉十郎と植女は、五人の忍者のいる方にむかって走った。

棒手裏剣が飛来した。だが、泉十郎と植女の体に当たりそうな棒手裏剣はなかった。泉十郎と植女は、林立する雑木の幹を楯《たて》にして走ったからだ。

泉十郎は五人の忍者に迫ったとき、

「踏み込め！」

と、叫んだ。

その声で、街道を歩いていた山村たち五人が、一斉に雑木林のなかに踏み込んできた。雑木林のなかに、山村たち五人の落ち葉を踏む音がひびいた。

4

泉十郎と植女が五人の忍者に迫ると、

「怯《ひる》むな！　ふたりを斬れ」

と大柄な忍者が叫び、腰に帯びていた刀を抜いた。大刀より短い。長脇差《ながわきざし》ほどの刀である。

泉十郎と植女も、林間を走りながら抜刀した。泉十郎は、大柄な忍者に走り寄った。五人の忍者のなかの頭とみたのである。

植女は、痩身《そうしん》の忍者にむかった。他の三人の忍者は、泉十郎と植女の背後にまわり込もうとした。

泉十郎は一気に大柄な忍者に近寄り、裂帛《れっぱく》の気合を発して斬り込んだ。こうした林間の集団での闘いには、構えも気攻めもなかった。先手をとって、果敢《かかん》に攻めることが勝負を決することになる。

泉十郎は、真っ向へ斬り込んだ。

咄嗟に、大柄な忍者は後ろに跳んだ。すばやい動きである。泉十郎の切っ先は、忍者の肩先をかすめて空《くう》を切った。

次の瞬間、大柄な忍者は前に跳びながら、刀を袈裟《けさ》に払った。ひととは思えない俊敏な動きである。

刹那《せつな》、泉十郎は身を引きながら、刀身を横に払った。迅《はや》い。神速の斬撃だった。

袈裟と横一文字に、ふたりの切っ先がはしった。

ザクリ、と忍者の筒袖が、横に裂けた。泉十郎の切っ先がとらえたのである。一方、忍者の切っ先は、泉十郎の肩先をかすめて空を切った。

忍者は後ろに跳んだ。泉十郎の二の太刀を避けたのである。忍者の右袖が裂け、二の腕に血の色があった。だが、浅手である。

忍者はふたたび腰を沈めて刀を構えたが、切っ先がかすかに揺れていた。忍者の泉十郎にむけられた目に、驚きと狼狽《ろうばい》の色があった。泉十郎が、これほどの遣い手とは思わなかったのだろう。

「いくぞ！」

泉十郎は青眼に構え、忍者との間合をつめ始めた。

忍者は後じさった。そして、太い木の幹のむこうにまわり込もうとした。忍者らしく、動きのなかで泉十郎と闘おうとしたらしい。

そのとき、ギャッ！　という絶叫がひびいた。見ると、忍者のひとりがよろめいている。植女に斬られたらしい。

植女は血に染まって蹲《うずくま》った忍者にかまわず、別の忍者に切っ先をむけている。

ザッザッ、と落ち葉を踏み、笹を分けて走り寄る何人もの足音が聞こえた。山村たちが駆け寄ってくる。

これを見た大柄な忍者は、すばやく後じさり、泉十郎との間があくと、

「引け！　引け！」

と叫び、さらに後じさった。そして、林間を疾走《しっそう》した。逃げたのである。

大柄な忍者につづいて、他の三人の忍者も逃げ出した。どの忍者も、逃げ足が速かった。林間をすばやい動きで走り抜けていく。

山村をはじめ目付たちが逃げる忍者の後を追ったが、すぐに足がとまった。追っても無駄だと分かったらしい。

泉十郎と植女は、血に染まって蹲っている忍者のそばに近寄った。忍者は血塗《ちまみ》れに

なって、喘《あえ》ぎ声を洩らしていた。頭巾をかぶっていたので顔色は見えなかったが、視線が揺れていた。

「しっかりしろ」

植女が、忍者の背後にまわって倒れそうな体を支えてやった。

「おぬしの名は」

泉十郎が訊いた。忍者が名乗るとは思わなかったが、そう声をかけたのである。

忍者は顔を上げて泉十郎を見たが、何も言わなかった。

「おれたちを追っている忍者は、ここにいた五人だけか」

さらに、泉十郎が訊いた。

忍者は何も答えなかった。苦しげな喘ぎ声を洩らしているだけである。

「いずれにしろ、おぬしらは、これで懲《こ》りたろう。逃げた者たちは江戸へ行くか、国元へ帰るか」

泉十郎が揶揄《やゆ》するように言った。

「き、きさまら、かならず、殺す」

忍者が、泉十郎を睨むように見て言った。声が震えている。

「逃げた四人だけで、おれたちに手が出せるはずはあるまい」

「ほ、他にも、仲間はいる」

忍者の体の顫《ふる》えが、激しくなってきた。長い命ではないだろう。

「増川といっしょにいる徒士か。あやつらは、ひとを斬ったこともないだろう。恐れるほどの者たちではない」

泉十郎が言うと、

「お、おれたちの仲間は、他にもいる」

忍者が声を震わせて言った。

「何人だ」

すぐに、泉十郎が訊いた。

忍者は顔を上げて泉十郎を見た。その目が細くなった。笑おうとしたらしい。だが、すぐに忍者の視線が揺れた。苦しげな呻き声が洩れ、体の顫えが激しくなった。ふいに、忍者は体を硬くし、喉の詰まったような呻き声を洩らした。次の瞬間、体から急に力が抜け、頭が前に垂れた。

「死んだ」

植女が言った。

泉十郎たちは、忍者の体を太い欅《けやき》の幹のそばに運び、急いで穴を掘って死体を埋めてやった。そのまま雑木林のなかに放置してもかまわなかったが、野犬や狼《おおかみ》に食い千切《ちぎ》られるのは、哀《あわ》れに思えたからだ。

5

その日、泉十郎たちは小田原《おだわら》宿の島崎屋《しまざきや》という旅籠に草鞋を脱いだ。

藤沢宿を出た後、待ち伏せしていた忍者たちと闘い、ひとり仕留めた。その後、平塚、大磯《おおいそ》と歩き、小田原宿に入ったのである。

島崎屋に草鞋を脱ぎ、湯を使った後、泉十郎たち七人は大部屋に集まった。そして、旅籠の者に用意してもらった酒で喉を潤《うるお》した後、

「明日は、いよいよ箱根越えだ」

と、泉十郎が切り出した。

泉十郎は、増川たちとともに江戸を出た忍者たちのことが気になっていた。箱根越えの途中、山間のどこかで泉十郎たちを襲うとみていたのだ。

「敵は待ち伏せしているとみるか」

山村が言った。

「まちがいない。山越えの途中、襲撃に適した場所はいくらでもある。敵は総力を挙げて、仕掛けてくる」

泉十郎が、男たちに目をやって言った。

「敵は街道筋で待ち伏せ、棒手裏剣か弓で攻撃してくるのではないかな」

沢崎《さわざき》という目付が言った。

「それだけではないな。これまで鉄砲を遣わなかったので、鉄砲の攻撃はないと思うが、竹槍のような長い武器で、木の陰からいきなり突いてくるかもしれぬ」

泉十郎にも、敵がどう攻撃してくるか読みきれなかった。いずれにしろ、敵は先回りし、地の利を活かして攻撃するはずである。

「どうする」

山村が訊いた。

「おれと植女が、斥候になる。山村どのたちは、すこし間をとって来てくれ」

泉十郎は先行して、埋伏《まいふく》している敵を見つけ、山村たちに知らせるつもりだった。それに、おゆらのこともあった。おゆらは泉十郎たちより先に行って、敵の様子を探っているはずだ。幸い、敵の忍者たちは、おゆらに気付いていない。

「いずれにしろ、明日は、箱根越えだ。今日は、早めに休んでくれ」

泉十郎が男たちに目をやって言った。

泉十郎と植女は早めに酒を切り上げ、自分たちの部屋にもどった。ふたりは床《とこ》に入ってからも、おゆらからの連絡を待って、しばらく起きていたが、何の連絡もなかった。

翌朝、暗いうちに、泉十郎たちは宿に頼んでおいた弁当を持って、島崎屋を出た。宿場は淡《あわ》い夜陰《やいん》につつまれていたが、あちこちで人声や馬の嘶《いなな》きが聞こえた。旅人の多くが、箱根越えのために、早めに小田原宿を出るのだ。

泉十郎は、宿場のあちこちに目をやりながら歩いた。おゆらの姿を探したのだが、どこにもなかった。

泉十郎と植女が、先にたって歩いた。山村たちは、すこし間をとって歩いてくる。

「おゆらの姿が見えないな」

植女が言った。

「先に小田原を発《た》ち、箱根にむかったようだ」

「敵は、どの辺りで襲うとみる」

歩きながら植女が訊いた。

「場所は分からないが、山間の地だな」

忍者たちは、街道沿いの樹陰や岩の陰に身をひそめていて、いきなり攻撃してくる、と泉十郎はみていた。

「鉄砲はどうだ」

「いや、鉄砲は遣うまい。これまで、忍者たちは一度も鉄砲を遣わなかったからな。それに、おゆらによれば、江戸を発つおり、鉄砲を持たなかったようだ。これまでの闘いぶりをみると、谷隠流が飛び道具として重視しているのは、棒手裏剣らしい」

「おれもそうみる」

植女がうなずいた。

小田原宿を出てしばらく歩くと、街道はすこし登り坂になった。箱根の山に近付いてきたらしい。

東の空が明らみ、街道沿いの杉並木や箱根の山々がはっきりと見えてきた。入生田《いりうだ》を過ぎてしばらく歩くと、前方に早川《はやかわ》にかかる三枚橋《さんまいばし》が見えてきた。

泉十郎と植女は、以前御用取次の相馬の命を受け、箱根の山を越えて駿河に出て、その任務を果たしたことがあった。そのときと同じ道筋を通るので、ふたりには街道の様子が分かっていた。

三枚橋のたもとで、街道は二手に分かれていた。

右手の道は、箱根七湯《しちとう》と呼ばれる温泉《いでゆ》の地につづいている。そのため、湯治客《とうじ》が多い。左手の道が、次の宿場の箱根宿につづく街道である。

先にたった泉十郎と植女は、左手の道に入った。すこし後《おく》れて、山村たちがついてくる。街道はすぐに山間に入った。この辺りから坂道になり、街道沿いには鬱蒼《うっそう》とした杉や樅《もみ》などの大樹の森がつづいている。

泉十郎たちは、前屈《まえかが》みになって坂道を登っていく。

「見ろ、おゆらだ」

泉十郎が前方を指差して言った。

街道がすこし平坦《へいたん》になっている場所に、おゆらの姿があった。いつものように巡礼姿である。おゆらは街道沿いの岩の端に腰を下ろしていたが、泉十郎たちが近付くと腰を上げた。そして、泉十郎たちのすぐ後ろについてきた。

「半刻（一時間）ほど前に、四人の男が箱根宿にむかいました」

おゆらは、泉十郎と植女だけに聞こえる声で言った。

「忍者か」

泉十郎の胸に、平塚宿に入る前に闘った忍者たちのことがよぎった。

「そうです」

「四人だけか」

「そのすぐ後に、ふたりの武士がいました」

「ふたりは、増川に従っていた徒士ではないか」

泉十郎は、増川の供に徒士が何人かついているとみていた。

「そうみていいようです」

「六人で、待ち伏せするつもりか」

泉十郎につづいて、

「どの辺りで、待ち伏せしているか分かるか」

と、植女が訊いた。

「分かりません。六人が足早に箱根へむかったのを目にしただけです」

おゆらはそう言うと、「あたし、先に行きます」と言い残し、足を速めた。おゆらは、健脚である。坂道も、それほど苦にせず登っていく。

6

街道は樅や杉などの針葉樹《しんようじゅ》の森のなかにつづいていた。石畳の急坂もあり、多くの旅人が難儀する場所である。

そうした街道をしばらく歩くと、前方に茶店や人夫《にんぷ》などの休憩場が見えてきた。畑《はた》宿である。畑宿は宿場でなく立場《たてば》だった。立場とは、駕籠や人夫などの休憩場所である。

泉十郎たちが畑宿に入ると、後ろから歩いてきた山村たちが近付き、

「一休みしますか」

と声をかけてきた。

「そうしよう」

泉十郎たちは、茶店に入った。

茶店の親爺《おやじ》に茶と饅頭《まんじゆう》を頼んでから、

「この先に、猿滑《さるすべり》坂と呼ばれる急坂がある。後から来る者を待ち伏せするには、絶好の場所だ」

と、泉十郎が声をひそめて言った。他の客の耳に入らないように気を遣ったのである。泉十郎と植女は、以前敵を追って箱根越えしたおりに、その猿滑坂と呼ばれる場所で襲撃されたことがあったのだ。

「忍者たちが待ち伏せするなら、その坂道とみている」

泉十郎はそこで言葉を切った。山村たちは息を呑《の》んで、泉十郎を見つめている。

「坂の上から攻撃されたら、逃げるしか手はない。幸い、街道の脇は森で地面は笹に覆《おお》われているはずだ。……そこに、逃げ込むのだ」

泉十郎が話すと、山村たちは顔をひきしめてうなずいた。

泉十郎たちは饅頭を食い、茶で喉を潤してから茶店を出た。街道はすぐに坂道にさしかかった。そこは、猿滑坂と呼ばれた坂道ではなかった。猿滑坂の前に、坂道がいくつかつづいていたのだ。

泉十郎たちが坂道を登り、猿滑坂と呼ばれる坂道の手前まできたとき、路傍の岩陰に人影があるのを目にした。猟師を思わせるような格好をしていた。汚れた手ぬぐいで、頬《ほ》っかむりしている。

……おゆらだな。

泉十郎はすぐに気付いたが、そばに行かなかった。近くに、山村がいたからである。

おゆらは、猿滑坂と呼ばれる坂を指差した後、手をひらいて指を五本立てた。坂の途中で、敵が五人、身をひそめていることを知らせたのである。当初は六人ということだったが、ひとりは先に箱根へむかったのかもしれない。

おゆらは、すぐに身を引き、森の地表を覆っていた隈笹《くまざさ》のなかに身を沈めるようにして姿を消した。

泉十郎は、近くにいた山村と植女に身を寄せて言った。

「この坂を登る途中、敵が襲ってくるような気がする。この坂ほど、敵を待ち伏せて襲うのにいい場所はないからな」

「おれも、そうみる」

すぐに、植女が応じた。

山村の顔に、緊張がはしった。近くにいた目付たちにも、泉十郎たちの声が聞こえ、緊張した顔付きになった。

「武器は棒手裏剣、それに、弓。……鉄砲はないとみている。街道沿いの樹陰に人影を見たら、身を伏せろ。そして、すぐに脇の笹藪のなかに逃げ込むのだ」

泉十郎が目付たちに目をやって言った。

目付たちは、緊張した面持ちで泉十郎の話を聞いている。

「おれと植女が先行する。まず攻撃されるのは、おれたちだ。笹藪のなかに逃げる間はある」

泉十郎がそう言うと、目付たちは表情を硬くしたまままうなずいた。

「いくぞ」

泉十郎が声をかけ、植女がつづいた。

そこは、石畳の坂道になっていた。足が滑ることもあって、泉十郎と植女は這《は》うように坂道を登った。山村たちが、つづく。

坂道をいっとき登った泉十郎は、道沿いの樅の太い幹の陰に人影があるのを目にした。

「樅の陰にいる！」

泉十郎が小声で植女に伝えた。

「向かいの岩陰にも」

植女が言った。

樅の木の向かいにあった岩の陰にも人影があった。

「まず、おれが仕掛ける」

泉十郎はそう言って、懐《ふところ》から手裏剣を取り出した。そして、すばやい動きで樅の木に近付いた。

植女も、手裏剣を手にした。泉十郎もそうだが、植女は忍者として手裏剣を打つ修行を積んでいたので、腕は確かである。

樅の木の陰にいた男が、姿をあらわした。忍び装束に身をかためていた。忍者である。忍者は手に棒手裏剣を持っていた。樅の木の陰から身をあらわすと同時に、泉十郎にむかって棒手裏剣を打った。

ほぼ同時に、泉十郎と植女も姿をあらわした忍者にむかって手裏剣を打った。忍者は泉十郎の手裏剣はかわしたが、植女の手裏剣を胸に受けた。ふたりが同時に放った手裏剣は、さすがにかわしきれなかったのだ。

このとき、岩陰にいた忍者が、つづけざまに植女と泉十郎にむかって棒手裏剣を打った。咄嗟に、植女と泉十郎は街道沿いの笹藪のなかに飛び込んだ。棒手裏剣をかわすためである。

棒手裏剣は、植女と泉十郎の身をかすめて虚空に飛んだ。

植女の手裏剣を胸に受けた忍者は、呻き声を上げながら笹藪のなかに倒れ、ガサガサと音を立てて急坂を転がった。

笹藪のなかに飛び込んだ泉十郎は、

「笹藪に逃げろ！」

と、山村たちにむかって叫んだ。

山村たちは、慌てて街道から笹藪のなかに飛び込んだ。そこは、丈の高い隈笹に覆われていたこともあって、その姿を隠してくれた。ただ、動く度に、ガサガサと大きな音がする。

泉十郎は太い樅の幹の陰に身を寄せ、辺りの様子を窺《うかが》った。

……いる！

急坂の笹藪のなかや樅の木の陰に、ひとのいる気配があった。体を動かすと、笹が揺れて見える。

7

泉十郎は、できるだけ音をたてないようにして植女に身を寄せた。

「植女、何人いるとみる」

泉十郎が訊いた。

「四人いる」

植女は、他にもいるかもしれない、と言い添えた。

「やつら、仕掛けてくるぞ」

坂の上の方で、隈笹の揺れる音がかすかにした。人影は見えないが、泉十郎たちの方に近付いてくるようだ。

「人数は、おれたちの方が多い。返り討ちにしてくれよう」

泉十郎は、植女に策を話した。

泉十郎が山村たちとともに隈笹のなかを坂の上にむかい、敵が迫ってきたら、植女が脇から攻撃するのである。

「先に、行くぞ」

植女は笹藪のなかに身を隠し、音をたてないようにそろそろと忍者たちのいる方へむかった。

「おれたちも行くぞ」

泉十郎は山村たちとともに、一団となって坂を登り始めた。人数が多いせいもあって、隈笹を分ける音が辺りにひびいた。

泉十郎たちは、弓と棒手裏剣の攻撃を受けないように、樅や杉の太い幹に身を隠すようにして登っていく。

ひとりになった植女はときどき動きをとめ、隈笹のなかに身を沈めて、ひとのいる気配を窺った。

……いる！

植女は、笹藪のなかに人のいる気配を察知した。三、四人いる。忍者たちが、丈の高い隈笹のなかに身を沈めているようだ。弓を持っている者がふたりいた。ただ、泉十郎たちを弓で攻撃するには、遠すぎる。

忍者たちは、音をたてないようにそろそろと泉十郎たちの方へ近付いていく。

泉十郎たちが、笹藪を分けるようにして登ってくる。先頭に立っている泉十郎の姿が、樹間にはっきりと見えた。

植女は気配を消して脇から忍者たちに近付いていく。

忍者たちは、泉十郎たちに近付いた。弓を持ったふたりが、笹藪のなかに立ち上がった。そして、矢をつがえようとした。

……まずい！

と、植女は思った。ふたりから弓の攻撃を受けたら、泉十郎でもかわしきれないだろう。植女は懐から手裏剣を取り出した。

植女はそろそろと忍者たちに近付いた。忍者たちは、坂を登ってくる泉十郎たちに気をとられているのか、脇から近付く植女には気付かないようだ。

ふたりの忍者が矢をつがえ、弓を引き絞った。

刹那、植女は連続して手裏剣を打った。

手裏剣は弓を手にしていたふたりの忍者の肩先と、二の腕に突き刺さった。ふたりの忍者の手にした弓から、矢が飛んだ。一本は近くの笹藪に突き刺さり、もう一本は虚空に飛んだ。

「敵だ！」

弓を手にした忍者のそばにいた男が声を上げ、植女のいる方に顔をむけて手裏剣を放った者を探った。

そのとき、植女は笹藪のなかに身を隠していた。そして、笹藪のなかに身を隠したまま逃げた。忍者たちの棒手裏剣を避けようとしたのだ。ザザザッ、と笹藪を分ける音が聞こえたが、忍者たちから植女の姿は見えなかった。

坂の下の方で、「あそこだ！」「追え！」「逃がすな！」などという男たちの声が聞こえた。泉十郎たちである。大勢で、隈笹を分けて坂を登ってくる。

「引け！」

隈笹のなかにいた大柄な忍者が、声をかけた。

四人の忍者は、坂の上にむかって逃げていく。忍者だけあって、逃げ足は速かった。いっとき隈笹を分ける音が聞こえていたが、すぐに聞こえなくなった。

植女は泉十郎たちが近付くのを待って、笹藪の陰から姿を見せた。

「植女、大事ないか」

すぐに、泉十郎が訊いた。

「無事だ。そっちは」

「おれたちも、無事だ」

「ここにいたのは四人。いずれも忍者だ」

植女が言った。

「この場は逃げたが、これで手を引くつもりはあるまい。また、どこかで仕掛けてくるはずだ」

泉十郎はその場に集まってきた山村たちにも聞こえる声で言った。

泉十郎たちは街道にもどり、坂道を登った。そして、二子山《ふたごやま》を右手に見ながら歩くと、前方に湖が見えてきた。芦ノ湖《あしのこ》である。

泉十郎たちは湖畔《こはん》に出て、箱根の関所を通った後、街道沿いにつづく旅籠や茶店の前を歩いた。

「ひと休みして行こう」

泉十郎が声をかけた。

すでに、陽は西の空にまわっていたが、小田原宿の島崎屋で用意してもらった弁当は、まだ食べていなかった。途中、忍者たちに襲われたこともあって弁当を食べている間がなかったのだ。

泉十郎たちは茶店に入り、お茶と団子を頼んだ。弁当の他に、団子も食べるつもりだった。

腹が減っていたので、弁当と団子を平らげた。

「さて、どうする。このまま三島《みしま》にむかうか」

泉十郎が山村に訊いた。

箱根から三島まで、三里と二十八丁（一四・八キロ）だった。暗くなるのを覚悟すれば、いまから三島にむかうこともできるだろう。

「いや、今夜は箱根に宿をとろう」

山村が言った。どうやら、山村は箱根の山を下るおり、暗くなってから忍者たちに襲われるのを避けようとしたらしい。

「いいだろう。箱根を発つのは、明日だ」

泉十郎も、明朝《みようちよう》、箱根宿を出た方が無事に駿河にむかえるだろうと思った。

8

翌朝、泉十郎たちは暗いうちに、箱根の宿屋を出た。これから、次の宿場の三島にむかうのである。

箱根から三島宿まで下り坂が多く、険《けわ》しい山道がつづく。

箱根の宿場を出ると、旅籠や茶店などは途絶え、一面笹藪に覆われた地に出た。まだ、この辺りは平坦な地だが、丈の高い笹のため、視界が遮《さえぎ》られてしまう。

「敵がいきなり飛び出してきたら、防ぎようがないな」

歩きながら、泉十郎が言った。

「おれが先に歩く」

植女がそう言って、先にたった。居合の遣い手である植女は、咄嗟に抜刀して敵を仕留めることができる。こうした場では、頼りになる。

泉十郎や山村たちは、植女からすこし間をとって歩いた。だが、敵の忍者たちが身をひそめている気配はなかった。泉十郎たちは、笹藪で覆われた地を何事もなく通り過ぎた。

笹藪で覆われた地を過ぎると、街道は下り坂に差し掛かった。街道沿いの松の樹陰で休んでいる旅人の姿があった。網代笠《あじろがさ》をかぶり、小袖を裾高に尻《しり》っ端折《ばしょ》りし、股引に手甲脚半《てっこうきゃはん》姿である。

泉十郎は、その男の背後の笹藪のなかに巡礼用の笈《おい》が置いてあるのを目にした。おゆらが旅に出るおり、巡礼に姿を変えて背負っている笈である。

「先に行ってくれ」

泉十郎は山村たちに声をかけ、路傍に屈んで草鞋の紐《ひも》を直すふりをした。そして、山村たちが離れると、おゆらに身を寄せた。

「敵の忍びの四人は、先に行きましたよ」

おゆらによると、四人は修験者《しゅげんじゃ》や行商人などに身を変えて、街道を次の宿場の三島にむかったという。

「四人はどんな装束だった。途中、待ち伏せするように見えたか」

泉十郎が訊いた。

「三島までは、手を出さないような気がしますよ」

おゆらが、四人とも旅装束だったことを言い添えた。

「増川たちは」

泉十郎は、旅の途上、増川に従っている徒士が忍者たちにくわわっているらしいことをおゆらから聞いてはいたが、増川当人らしい姿を見掛けたことはなかった。

「忍びたちより、先にいったとみています」

「増川たちは、このまま成沢藩の領内に入るつもりかな」

「分かりません。途中、忍びの者たちと、何か仕掛けてくるような気がするけど……」

おゆらは語尾を濁《にご》した。おゆらも、増川たちが先に行っていることもあり、動きが掌握《しょうあく》できないのだろう。

「おゆら、何かあったら知らせてくれ」

泉十郎は立ち上がり、植女たちの後を追った。

街道沿いには、杉や樅などの針葉樹の森がつづいている。

泉十郎たちは、周囲に目を配りながら街道を下った。途中、襲撃に適した森林のなかや急坂の地もあったが、敵が埋伏している様子はなかった。

一度も敵に遭遇しないまま、三島宿に着いた。三島宿は、肌を売る飯盛女が多いことで知られた宿場である。三島女郎衆と呼ばれ、小唄にも唄われている。

泉十郎たちは三島宿の茶店で一休みし、すこし早いが弁当を使うことにした。三島の先は沼津《ぬまづ》、原《はら》、吉原《よしわら》とつづくが、吉原まで休まずに歩くつもりだった。

「忍者たちの姿が見えないな」

山村が湯飲みを手にしたまま言った。

「われらを襲うのを諦《あきら》めたかな」

田村が言った。

「いや、諦めてはいない。きゃつらは、たとえひとりになっても、おれたちを襲う。いまごろ、先に行って襲撃場所を探しているかもしれんぞ」

泉十郎が言うと、目付たちの顔がけわしくなった。

「どの辺りで、襲うとみる」

山村が訊いた。

「分からないが、成沢藩の領内近くにいってからではないかな」

忍者たちは領内近くの地理に明るいはずである。待ち伏せするのに適した地に身をひそめて、襲うつもりではあるまいか。

「領内に入り、上役に持参した口上書と上申書を渡し、増川や川添の悪事が明白になって何等《なんら》かの沙汰《さた》が下されるまでは、気が抜けないということだな」

植女が、その場にいる男たちに聞こえる声で言った。

泉十郎たちは茶店を出ると、次の宿場の沼津にむかった。三島から沼津まで一里半（五・九キロ）。下り坂が多い。木々の葉叢《はむら》の間から右手に富士《ふじ》の霊峰《れいほう》が見え、前方には駿河湾の海原がひろがっていた。旅人にとっては、心を癒《いや》される景観がひろがっているが、泉十郎たちには景色を愛《め》でている余裕はなかった。

泉十郎たちは、沼津の宿場には足をとめずに通り過ぎた。次の宿場は、原である。沼津宿から原宿まで、一里半。泉十郎たちは、原宿も通り過ぎ、次の宿場の吉原にむかった。駿河湾の海岸沿いにつづく街道を、泉十郎たちは海岸の景観に目をやりながら歩いた。原宿から吉原宿まで、三里の余あった。吉原に着くころは、陽が沈んでいるだろう。泉十郎たちは、今夜の宿を吉原と決めてあった。

街道が松並木に入って間もなく、泉十郎は、松の樹陰で一休みしている巡礼の姿を目にした。

……おゆらだ！

泉十郎は、すぐに気付いた。巡礼は菅笠をかぶったままで、顔が見えなかったが、その体軀《たいく》から分かったのである。

泉十郎は松の樹陰で草鞋の紐を直すふりをして、おゆらの前に足をとめて屈んだ。

「忍者たちは、先に行きましたよ」

おゆらが小声で言った。

「何人だ」

「四人です」

「増川たちは」

泉十郎は、増川たちの動きも気になっていた。

「姿を見てないけど、先に行っているはずです」

おゆらは、そう言った後、「すこし急いで、増川たちに追いつきますよ」と言い添えた。

「おゆら、無理をするな」

そう言い置いて、泉十郎は先を行く植女たちを追って足を速めた。

第五章　激闘

1

まだ夜が明けきらないうちに、泉十郎たちは吉原宿を出た。成沢藩の領地は、富士《ふじ》川《がわ》を渡り、蒲原《かんばら》方面に街道をしばらく歩いてから右手の街道に入り、山間《やまあい》の地を抜けた先にあるという。

泉十郎と植女は、以前、吉原宿近くに領地のあった大名家に出向いたことがあった。吉原宿に近いといっても、山間の道をかなり入った先にあった。成沢藩と同様、お家騒動を始末するため、幕府の御用取次の相馬勝利の命で出向いたのである。

泉十郎たちは吉原宿を出ると、東海道を南にむかった。しばらく歩くと、富士川に突き当たった。

富士川は船渡しだった。富士川は雨で増水すると、すぐに渡船が止まるが、幸《さいわ》い川はおだやかな流れだった。

泉十郎たちは船賃を渡して船に乗り、富士川を越えた。着いたところは、岩淵《いわぶち》と呼ばれる地で、旅人だけでなく土地の住民の姿も目についた。街道沿いには、茶店や料理屋などの他に八百屋や魚屋なども店をならべている。

岩淵を過ぎてしばらく歩くと、街道沿いの民家がとぎれ、雑木林や松林がつづくようになった。そして、松林を過ぎたところで、先にたって歩いていた山村が、

「この道だ」

と言って、右手につづく街道を指差した。街道といっても細い道で、通り沿いには民家が点在しているだけである。

「急ごう」

山村が足を速めた。

「成沢藩の領内まで、どれほどあるのだ」

泉十郎が訊《き》いた。

「五里（約一九・六キロ）ほどかな」

「かなりあるな」

ただ、泉十郎も植女も旅慣れていたので苦になるような距離ではなかった。ただ、山間につづく街道らしいので、楽ではないのだろう。

街道はしだいに山間に入り、民家はとぎれ、雑木林や森がつづくようになった。それでも街道らしく、旅人や土地の住人などが通りかかり、ときには旅装の武士と出会

うこともあった。

東海道から成沢藩の領内につづく街道に入って二里ほど歩いたろうか。泉十郎は街道の先に女がいるのを目にした。こちらに歩いてくる。汚れた手ぬぐいをかぶり、手に鎌を持っていた。竹籠《たけかご》を背負っている。近所に住む百姓《ひやくしよう》女らしい。

……おゆらだな。

泉十郎は、すぐに気付いた。泉十郎が女に顔をむけたとき、目配せをしたからである。泉十郎は草鞋《わらじ》の紐《ひも》を結び直すふりをして、路傍《ろぼう》に屈んだ。

おゆらは、泉十郎に近付くと歩調をゆるめ、

「この先、林のなかに敵が」

と小声で言って、擦《す》れ違った。

泉十郎はすぐに山村たちに追いつき、先頭にたった。街道の先に目をやると、一町ほど先に雑木林があった。街道はその林のなかにつづいている。

泉十郎はさらに半町ほど歩くと、ふいに道のなかほどで足をとめた。後続の山村たちが驚いたような顔をして、泉十郎に身を寄せた。

「どうした」

植女が訊いた。

「いま、この先の林のなかで、ひかる物が見えた。刀か、槍か……」

泉十郎が顔をひきしめて言った。

「敵か！」

植女が声高《こわだか》に言った。植女は、先ほど泉十郎が百姓女と接触したことを知っていた。泉十郎が口にしたのは、おゆらからの知らせだと察知したのだ。

「そうみていいな」

「どうする」

山村がこわ張った顔で訊いた。

「別の道を通って、領内に入れるのか」

「いや、ここを通らないと、領内にはいけない」

山村がまわり道はないので、道のない山間を歩くことになるが、下手をすると迷って街道にもどれなくなる恐れがあると言い添えた。

「あやつら、まわり道のできない場所を選んだのだ」

「突破するしかないな」

植女が言った。

「よし、突破しよう」

泉十郎は、「やつらに気付かれないように、歩きながら話すぞ」と言って歩きだし、

「おそらく、敵は街道の両側の林のなかに身を隠している。おれたちが通りかかったら、両側から飛び出して挟み撃ちにする気だろう」

そう言って、あらためて街道の先の雑木林に目をやった。

「右手の林に踏み込もう。敵は二手に分かれているはずだ。右手の林にいるのは、せいぜい三、四人だ」

まだ、忍者たちは加勢がなくとも泉十郎たちを討てると踏み、領内からの加勢を求めていないだろう。泉十郎は、残っている忍者四人と、増川が連れてきた徒士がくわわっただけと読んだ。その人数が、二手に分かれているはずである。

「一気に切り込んで敵を斃《たお》してから、林のなかを逃げて街道にもどる」

泉十郎は、生き残った敵が雑木林のなかから街道に出て、後を追ってくるようなことはないとみた。追ってきたとしても敵の人数はわずかで、返り討ちにすることができるはずだ。

「よし、その手でいこう」

山村が言い、話はすぐにまとまった。

泉十郎たちは敵に気付かれないように、これまでと同じように街道を歩いた。林は

静寂《せいじやく》につつまれていた。鳥の鳴き声も聞こえない。近くまで行くと、街道の両側の林のなかに人のいる気配がした。樹陰《こかげ》に、かすかに人影が見える。

2

「踏み込むぞ!」

泉十郎が声をかけ、右手の林のなかに飛び込んだ。植女と山村がつづき、他の四人が後についた。

ザザザッ、という音が、雑木林のなかにひびいた。林のなかの落葉を踏む音と灌木《かんぼく》の間を走り抜ける音である。

林間の先に人影が見えた。三人いる。向かいの林のなかにも、三、四人いるはずである。

「あそこだ!」

先頭に立った泉十郎が指差した。

三人の男のうちふたりは、筒袖に裁着袴だった。頭巾をかぶっている。忍者らしい。もうひとりは、小袖と裁着袴だった。黒布で頰《ほ》っかむりして顔を隠していた。増川が連れてきた徒士かもしれない。徒士らしい男は槍を手にしていた。泉十郎たちが街道を歩いてくるのを待ち、飛び出して槍で闘うつもりだったのだろう。

「敵だ！」

忍者と思われるひとりが叫んだ。そして、懐《ふところ》に手をつっ込んだ。棒手裏剣らしい。もうひとりの忍者も棒手裏剣を取り出した。

「木を楯《たて》にして進め！」

泉十郎は雑木の幹を楯にしながら三人に迫った。向かいの林から駆け付けるまでに、ひとりでも多く討たねばならない。

棒手裏剣が飛来した。だが、一本が雑木の幹に刺さり、もう一本は、離れた場所の地面に突き刺さった。

別の忍者も棒手裏剣を打ったが、だれにも当たらなかった。ふたりの忍者は、刀を抜いた。棒手裏剣は使えないとみたらしい。

泉十郎は、忍者のひとりに走り寄った。がっちりした体軀《たいく》の男である。忍者は刀を手にして身構えた。腰を低くして、切っ先を前に突き出すように構えた。刀は長脇差ほどの長さである。

泉十郎が忍者の前に迫ると、ふいに忍者は泉十郎の右手に跳びざま、刀身を横に払った。一瞬の動きである。

咄嗟《とっさ》に、泉十郎は刀を撥《は》ね上げた。体が勝手に反応したのだ。

キーン、という金属音がひびき、青火が散って、忍者の刀が撥ね上がった。次の瞬間、泉十郎は刀を横に払った。

ザクッ、と忍者の筒袖の脇腹のあたりが横に裂《さ》けた。忍者はさらに右手に跳んで、灌木の陰に逃げた。

忍者は脇腹を手で押さえたが、その指の間から臓腑《ぞうふ》が覗《のぞ》いている。忍者は泉十郎が灌木の陰に回り込んできたのを目にすると、よろめくような足取りでその場から逃げようとした。

「逃がさぬ！」

泉十郎は忍者の背後に身を寄せざま、刀身を袈裟《けさ》に払った。一瞬の太刀捌《たちさば》きである。

切っ先が、忍者の首をとらえた。血が、首から飛び散った。忍者は血を撒《ま》きながらよろめいたが、足を何かにとられて、前につんのめるように倒れた。

俯《うつぶ》せに倒れた忍者は、首を擡《もた》げて立ち上がろうとしたが、すぐにぐったりとなって動かなくなった。

植女も、ひとり斬っていた。忍者ではなく徒士らしい。ただ、死ぬほどの深手ではないようだ。右肩から胸にかけて、小袖が裂けて血に染まっている。徒士は、悲鳴を上げて林間を逃げていく。

このとき、街道の近くで、落葉を踏む何人もの足音が聞こえた。見ると、林間に数人の人影があった。

……敵が踏み込んでくる！

このまま林間に踏み込んできた敵と闘うと、味方から犠牲者が出る、と泉十郎はみた。

「逃げるぞ！」

泉十郎が声をかけ、林間を走り出した。

山村たちがつづき、植女がしんがりについた。植女は敵が背後に迫れば、振り返りざま斬ることができる。

泉十郎たちは、林間を走った。背後から走ってくる足音が、いっときすると聞こえなくなった。追うのを諦めたらしい。

泉十郎たちは、街道にもどった。後方に目をやったが、敵の姿はなかった。まだ、雑木林のなかにいるらしい。

「うまく、突破できたようだ」

泉十郎が言った。

「急ごう。領内まで、まだ先がある」

山村が声をかけた。

泉十郎たちは、山間につづく街道を足早に歩いた。そして、針葉樹の森のなかにつづく上り坂の街道を歩き、峠《とうげ》を越した。すると、急に視界がひらけ、前方に平地がひろがっていた。山脈にかこまれた盆地のようだが、かなり広く、平地をかこんだ山脈は遠方に霞《かす》んでいる。

城も見えた。平地のなかほどにあり、西日のなかに白壁がくっきりと見えた。周辺には武家屋敷と思われる家屋が集まっている。

「成沢藩の領地か」

泉十郎が訊いた。

「そうだ。山間に、住む者もいる」

山村が、眼前にひろがる城下に目をやりながら言った。山村の声には、郷土を懐かしむようなひびきがあった。江戸詰の暮らしが、長くつづいたせいだろう。

「暗くなる前に、城下に入ろう」

そう言って、山村が先にたった。

泉十郎たちは、しばらく雑木林のなかにつづく道を城下にむかって歩いた。思ったより城下までの道程は長く、城下に入ったころには、陽は家並の向こうに沈んでいた。

山村が、淡《あわ》い夕闇につつまれた武家屋敷のつづく通りを歩きながら、

「今日は、ひとまずおれの家に、草鞋を脱いでくれ」

と、泉十郎と植女に目をやって言った。

いっしょに来た目付たちも、それぞれの屋敷に帰ることになった。

「明日の朝、大目付の柴山《しばやま》さまのお屋敷に集まってくれ。これから先は、柴山さまのお指図にしたがう」

別れ際に、山村が同行した岸崎たち四人の目付に言った。

3

大目付柴山桑八郎《そうはちろう》の屋敷は、城の西方の武家屋敷のつづく通りの一角にあった。築《つい》地塀《じべい》で囲われた屋敷である。

柴山家の屋敷の表門の前に、山村をはじめとする五人の目付、それに泉十郎と植女の姿があった。

門は木戸門だった。門扉《もんぴ》はあいている。門番はいないらしい。山村が先に入り、他の六人がつづいた。

山村が玄関先に応対に出た家士らしい男に名と来意を告げると、男は「お待ちくだされ」と言い残し、いったん屋敷内に引っ込んだ。

男はすぐに四十がらみと思われる恰幅《かっぷく》のいい武士を連れてもどってきた。武士は、小袖に角帯というくつろいだ格好をしていた。

「山村ではないか」

武士が驚いたような顔をして言った。どうやら、この男が大目付の柴山らしい。

「柴山さま、江戸の丹沢さまと倉山さまのお指図で、国元にもどりました。柴山さまにお渡しする物がございます」

山村がそう言うと、柴山は表情を引き締め、

「亡くなった戸川さまの件であろう」

と、声をひそめて訊いた。

「そうです」

山村が応《こた》えると、背後にいた目付たちもちいさくうなずいた。いずれの顔も、緊張している。

「ともかく、入ってくれ」

山村は背後に控えていた家士に、山村たちを座敷に案内するよう指示した。

家士は、山村たち七人を庭に面した座敷に連れていった。そこは八畳ほどの座敷で、庭に面して濡縁もあった。

山村たちが座敷に腰を下ろして間もなく、廊下を歩く足音がし、障子があいて柴山が入ってきた。

柴山は正面に座すと、

「遠路、ご苦労だったな」

そう声をかけてから、「みな、目付筋の者か」と、座している男たちに目をやって訊いた。

「こちらにいるおふたりは、幕府の方です。ご家老の丹沢さまが懇意《こんい》にされている幕《ばっ》閣《かく》の方のご配慮で、われらに味方してくれることになり、こうして国元までご同行していただいたのです」

山村が言うと、

「それがし、御側御用取次の相馬土佐守さまのお指図により、山村どのたちとともに駿河までまいりました」

そう言って、泉十郎が柴山に頭を下げると、植女もつづいて柴山に低頭した。ふたりとも、名は口にしなかった。御庭番としては、名はあまり口にしたくなかったのである。

「わが藩のために、ご尽力《じんりょく》いただき、かたじけのうござる」

柴山が泉十郎と植女に顔をむけて頭を下げた。御側御用取次の指図と聞いて、御庭番と察知したかどうか分からないが、いずれにしろ幕閣とつながりのある者とみて、頭を下げたようだ。

挨拶《あいさつ》が済むと、山村が、

「柴山さま、戸川さまを殺したのは、江戸詰の徒士、小暮彦三郎にございます」

と切り出し、これまでの経緯《いきさつ》を話した後、

「陰で小暮に指図していたのは、徒士頭の増川宗之助です」

と、言い添えた。

「まちがいなく増川の指図なのか」

柴山が念を押すように訊いた。

「まちがいございません。ここに、此度《こたび》の事件にかかわった者たちの口書きとご家老の上申書がございます」

そう言って、山村は風呂敷に包んだ書状を懐から取り出し、柴山の膝先に置いた。

柴山は書状をひらいて目を通していたが、その顔に驚愕《きようがく》と憎悪《ぞうお》の色を浮かべ、

「増川は徒士頭の身にありながら、このような悪事を行っていたのか。それに、川添も陰で荷担していたようだな」

と、昂《たかぶ》った声で言った。

「増川は、われらがこの書状を国元にとどけるのを何とか阻止《そし》しようと、江戸からの道中、谷隠流の忍者たちを使って、何度もわれらを襲いました」

山村が言った。

「そういえば、藩士のなかに、増川らしい者を城下で見掛けたと話していた者がいたな」

柴山が身を乗り出すようにして言った。

「その藩士は、増川を城下のどこで見掛けたと話していましたか」

すぐに、山村が訊いた。

「用人の須賀平兵衛《すがへいべえ》さまの屋敷の近くだ」

「須賀さま……」

山村はつぶやいた後、いっとき間を置いて、

「須賀さまは、若いころ谷隠流の道場に通っていたと聞いたことがありますが」

と言って、柴山に顔をむけた。

「わしも、須賀さまは谷隠流を身につけたと聞いている」

柴山が言った。

山村は、「そうか、増川は同門の須賀さまを頼ったのか」とつぶやいた。

「増川は、須賀さまの屋敷に身を隠しているのかも知れぬ」

「ただ、身を隠しているだけとは、思えません」

「どういうことだ」

「増川は須賀さまの屋敷に身を隠し、江戸から連れてきた徒士や谷隠流の忍者たちを使って、われらが持参した書状が、ご城代や殿の目に触れるのを防ごうとするはずです」

山村が昂った声で言った。

城代家老は、伊勢崎《いせざき》尚《しよう》右衛門《えもん》だった。国元で、藩政を束《たば》ねている男である。また、藩主は藤倉《ふじくら》能《の》登守《とのかみ》重元《しげもと》で、いま国元にいた。

「増川は、わしの許《もと》に書状がとどけられるのを知っていような」

柴山が眉《まゆ》を寄せて言った。

「気付いていると思います」

「迂闊《うかつ》に屋敷を出られぬな。きゃつらは、書状を奪うためにわしを襲うかもしれぬ」

柴山が、困惑《こんわく》したような顔をした。

4

泉十郎たちが柴山と話していると、慌《あわ》ただしそうに廊下を歩く足音が聞こえ、障子があいてさきほどの家士が顔を出した。

「笹野《ささの》、どうした」

すぐに、柴山が訊いた。家士は、笹野という名らしい。

「うろんな武士がふたり、屋敷内を窺《うかが》っております」

笹野がうわずった声で言った。

「なに、屋敷を窺っていると。藩の者か」

「分かりません。見たことのない男です」

話を聞いていた山村が、

「見てきます。増川の手の者かもしれません」

と言って、傍《かたわ》らに置いてあった刀を手にして立ち上がった。

「それがしも」

つづいて泉十郎が立ち、植女も腰を上げた。

山村、泉十郎、植女の三人が笹野の後について、座敷から玄関にむかった。他の目付たちは、柴山とともに座敷に残った。柴山が狙われる恐れがあったからだ。

玄関まで来ると、笹野が、「様子を見てきます」と言い残し、泉十郎たちを残して玄関から出た。

笹野は、すぐにもどってきて、

「いっしょに、来てください」

と言って、ふたたび玄関から出た。泉十郎たち三人は、笹野につづいた。

「先程は門の近くにいたのですが、いまは通りの樹陰にいます」

笹野は、泉十郎たちをあいたままになっている表門の近くに連れていった。そして、門に身を寄せて、

「見てください。通り沿いの松の陰に……」

と、小声で言って指差した。

見ると、通り沿いの太い松の幹の陰に人影があった。はっきりしなかったが、小袖に裁着袴であることが見てとれた。

「忍者かもしれぬ」

泉十郎が小声で言った。

「屋敷の様子を窺っているようだ」

植女は、門から出ていきそうな素振《そぶ》りを見せた。

「待て」

泉十郎が植女を引き止め、

「あそこを見ろ」

と、松の木からすこし離れたところにある向かいの屋敷の築地塀を指差した。塀の陰に、人影があった。松の木の陰にいる男と同じような身装《みなり》である。

「あの男も、忍者だ」

植女が言った。

「他にも、いるかもしれぬ。ひとり仕留めても、他の者には逃げられるぞ。それより、この屋敷の者が気付いていないように思わせた方がいい」

そう言って、泉十郎は身を引いた。

泉十郎たちは座敷にもどると、忍者らしい男が様子を窺っていたことを柴山に報告した。

「やつらは、柴山さまが登城するおり、襲うつもりかもしれません」

と、泉十郎が言い添えた。

「やはりわしが登城して、これらの書状をご城代に渡すのを阻止するつもりか」

柴山が語気を強くして言った。

「いかさま」

泉十郎が言うと、植女もうなずいた。

「それで、わしを襲うのは、どれほどの手勢とみる」

柴山が訊いた。

「分かりませんが、厄介《やっかい》なのは忍者たちです。登城中の柴山さまを狙って、棒手裏剣なり弓なりで狙われたら防ぎようがございません」

泉十郎が言うと、柴山の顔がこわ張った。

次に口をひらく者がなく、座敷は重苦しい沈黙に包まれた。

そのとき、泉十郎が柴山に目をやり、

「登城のおり、それがしが柴山さまになりましょう」

と、強いひびきのある声で言った。

柴山をはじめ座敷にいた男たちが、泉十郎に視線をむけた。

「柴山さまは駕籠《かご》ではなく、馬で登城されると聞いていますが」

泉十郎が訊いた。

「わしは、馬で登城している」

「幸《さいわ》い、それがしの体付きは柴山さまに似ております。ふだん、柴山さまが登城するおりに身につけられている衣装と似たものを貸していただき、笠で顔を隠せば、柴山さまと思うはずです」

「しかし、それでは……」

柴山が戸惑うような顔をした。泉十郎が身代わりになって殺されると思ったらしい。

「敵の飛び道具を防ぐ手がございますので、ご懸念《けねん》に及びませぬ」

泉十郎が笑みを浮かべて言った。

その夜、泉十郎と植女は、柴山家に泊まることになった。明日の登城の準備をするためと、忍者たちが夜陰《やいん》に紛れて屋敷内に侵入して柴山を襲う恐れがあったので、用心のためである。

翌朝、泉十郎と植女はまだ暗いうちに起き、家士の笹野にも手伝ってもらって、登城の準備をした。

柴山家で出してくれた朝餉《あさげ》を食べ終え、植女とともに仕度《したく》をしているとき、山村たちが姿を見せた。今日は、山村たちも柴山の供をして登城することになっていたのだ。

「向井どの、敵は飛び道具を遣《つか》ってくるぞ」

山村が心配そうな顔で言った。

「心配いらぬ。おれの体は、棒手裏剣でも矢でも撥ね除《の》けるようにできているからな」

泉十郎はそう言って、笑みを浮かべた。

泉十郎は馬に乗って柴山家の屋敷を出た。羽織袴姿で、顔を網代笠《あじろがさ》をかぶって隠している。ふだん柴山が登城するおりは、笠をかぶらないそうだが、仕方がない。幸い晴天だった。柴山が笠をかぶったのは、陽射しを避けるためと、敵はみるだろう。

5

馬に乗った泉十郎のすぐ脇に、菅笠《すげがさ》をかぶった供の武士がついていた。この武士が、大目付の柴山である。

柴山のすぐ前に、家士のふりをして植女がついていた。泉十郎ではなく、柴山を守るためである。居合を遣う植女は、敵の咄嗟《とっさ》の攻撃に対応できるので、柴山だけでなく泉十郎を守るおりにも力を発揮するはずだ。

馬の口取りに中間《ちゅうげん》がひとりついていたが、後はいずれも武士だった。家士の笹野と馬淵《まぶち》という若い武士、それに山村と岸崎だった。それだけでも、ふだんの柴山の登城時より武士の供が多かった。

柴山家の屋敷を出て武家屋敷のつづく通りに入ると、笹野と馬淵が一行から離れ、半町ほど先を歩いた。ふたりは斥候《せっこう》役だった。埋伏《まいふく》している敵がいないか、目を配りながら歩くのである。

道は武家屋敷のつづく通りから、小高い丘に入った。その道沿いにも武家屋敷があったが、雑草で覆《おお》われた地や雑木林などがつづいていた。

山村の話では、この丘を越えると、城の近くに出られるという。

……柴山どのを狙うとすれば、この丘だな。

と、馬上の泉十郎は思った。

泉十郎だけでなく、供についた者たちは、敵が襲うとすれば、この丘とみているらしかった。どの顔にも、緊張の色がある。

風のない静かな晴天だった。林のなかから山鳥の囀《さえず》りやガサガサと枯れ葉を踏む音などが聞こえてきた。野兎《のうさぎ》でもいるらしい。

雑木林のつづく通り沿いに、松と杉が枝葉を茂らせている場所があった。そこだけ、陽光を遮《さえぎ》って薄暗くなっている。

斥候役の笹野と馬淵が、太い松の根元近くまでいったとき、ふいに松の幹の陰から人影が飛びだした。顔を頭巾《ずきん》で隠した忍者である。

「敵だ！」

馬淵が叫んだ。

その馬淵にむかって、棒手裏剣が飛んだ。

咄嗟に、馬淵は太い松の陰にまわったが、一瞬間に合わなかった。棒手裏剣は、左肩に突き刺さった。

馬淵は自分の手で棒手裏剣を抜き取った。たいした傷ではなかったが、刀を手にして忍者に立ち向かうことはできなかった。

一方、笹野にも別の忍者から棒手裏剣が飛んだが、笹野が杉の幹の陰に逃げる方が早かった。ふたりの忍者につづいて、さらに三人が飛び出し、馬上の泉十郎に迫った。ただ、忍者たちは、馬上に大目付の柴山がいると思っている。

「敵襲！」

植女が叫び、泉十郎の乗る馬の脇に立った。守るのは泉十郎でなく、菅笠で顔を隠した柴山である。

馬上の泉十郎は左手で手綱《たづな》を握《にぎ》り、右腕を顔を覆うように伸ばした。棒手裏剣が顔に当たるのを防ごうとしたのだ。そのため、胴ががらあきになった。

「柴山さまを、お守りしろ！」

山村が叫び、抜き身を手にして忍者たちに近付いた。すぐに、岸崎が山村の後につづいた。

五人の忍者は、馬の近くまでくると、つづけざまに馬上の泉十郎にむかって棒手裏剣を打った。

棒手裏剣の多くは、泉十郎の体をかすめて空に飛んだが、そのうちの一本が胸に突き刺さった。

グワッ！　と、泉十郎は呻《うめ》き声を上げたが、馬から落ちなかった。左手で手綱を握ったまま右腕で顔を覆っている。

山村と岸崎は、抜き身を手にしたまま棒手裏剣を打つ忍者たちに近付き、斬り付けようとした。だが、ふたりの忍者が山村たちに立ち向かっただけで、他の三人は棒手裏剣を馬上の泉十郎を狙って打ちつづけた。

すると、さらに一本。泉十郎の腹の辺りに、突き刺さった。泉十郎は苦しげな呻き声を上げ、上半身を前に倒して腹を右手で押さえた。

これを見た山村たちは、「柴山さま！」「手裏剣を受けた！」などと叫びざま、泉十郎の騎乗する馬のまわりに駆け寄った。

「引け！」

「柴山を討ち取った！」

忍者たちが叫び、馬のまわりに集まった武士たちから離れると、反転して走りだした。そして、近くの雑木林のなかに駆け込んだ。

いっとき、林間から落葉を踏む音がしたが、すぐに聞こえなくなり、木々の枝葉が風にそよぐ音が聞こえるだけだった。

馬上の泉十郎は、忍者たちが去るのを待って身を起こし、傍らに立っている柴山に顔をむけ、

「大事ありませんか」

と、訊いた。

「む、向井どの、胸と腹に手裏剣が……！」

柴山が声を震わせて言った。

「大事ございません」

そう言って、泉十郎は両襟《りょうえり》をつかんで開いて見せた。

泉十郎は、胸から腹にかけて厚い板を入れていた。忍者たちが打った棒手裏剣は、その板に突き刺さったのだ。泉十郎は念のため背中にも板を入れていたが、背後からの攻撃はなかった。

「これなら、棒手裏剣や矢から身を守れるな」

柴山が感心したように言った。

泉十郎は棒手裏剣を抜くと、襟を元にもどした。

「柴山さま、この林を抜けるまで、このまま行きます。まだ、忍者たちは林のなかに残っているかもしれません」

泉十郎は、その場に集まっている山村たちにも聞こえる声で言った。

6

泉十郎たちは雑木林を抜けて、武家屋敷のつづく通りに出た。怪我を負った馬渕も応急処置をして供についている。

成沢藩の城が、目の前に聳《そび》え立っているように見えた。天守閣《てんしゅかく》と白壁が朝日を浴び、青空のなかに輝いている。城の前の通りには武家屋敷がつづき、登城する藩士や従者の姿が、あちこちで見えた。

泉十郎は通り沿いの武家屋敷の築地塀の陰まで来ると、

「ここまで来れば、忍者たちに襲われることはないでしょう」

そう言って、馬から下りた。

柴山はかぶっていた笠を取って供の武士に渡すと、泉十郎に代わって馬に乗った。

泉十郎、植女、それに岸崎の三人は、城の表門の近くまで来て足をとめた。泉十郎と植女は藩士ではないので、城内に入るつもりはなかった。岸崎は、泉十郎たちの案内役として残ったのである。

「どこへ行きますか」

岸崎が訊いた。

「用人の須賀平兵衛の屋敷はどこにあるか、知っているか」

泉十郎は、増川が身を隠していると思われる須賀の屋敷を、自分の目で見ておきたかったのだ。

「知っています。これから、行ってみますか」

岸崎が言った。

「案内してくれ」

泉十郎と植女は、岸崎の案内で、須賀の屋敷にむかった。

須賀の屋敷は、泉十郎たちが柴山家の屋敷から城にむかったときに通った雑木林沿いの通りにあった。

通り沿いには、藩士の住む屋敷がつづいていた。重臣と中堅《ちゆうけん》どころの藩士の屋敷が多いようだ。

先導していた岸崎が路傍に足をとめ、

「あそこに、松の木があります。その斜向《はすむ》かいにある屋敷です」

そう言って、半町ほど先の路傍で枝葉を茂らせていた松を指差した。

「もうすこし近付いてみるか」

泉十郎たちは屋敷近くまで行き、松の樹陰に身を隠した。

「なかなかの屋敷だ」

泉十郎が言った。表門は屋根のある木戸門で、門扉はしまっていた。屋敷は築地塀で囲われている。庭があるらしく、松や紅葉《もみじ》などが塀越しに見えた。人声や物音は聞こえなかった。

「妙にひっそりしているな。塀の近くまで、行ってみるか」

植女が言った。

「いや、やめておこう。どこかに、忍者の目がひかっているとみていい」

泉十郎は、ここで忍者たちに取り囲まれて棒手裏剣を打たれたら、逃げるのはむずかしいとみた。

泉十郎たちは来た道を引き返し、城の近くにはもどらず、そのまま柴山家の屋敷に帰ることにした。

柴山が山村たちを従えて屋敷にもどったのは、陽が西の空にかたむいてからだった。泉十郎たちは、柴山家の庭に面した座敷に集まった。

「柴山さま、ご城代の伊勢崎さまは、どのように仰《おお》せられました」

すぐに、泉十郎が訊いた。

柴山は登城し、城代家老の伊勢崎と会うことになっていた。そして、増川と川添が結託して、年寄の戸川殺しを徒士に命じたことを話し、山村たちが国元から持参した口上書と上申書を見せる手筈《てはず》になっていたのだ。

「わしからご城代に、増川と川添が江戸で何をやったか、お話ししたのだ。だが、ご城代は信じられなかった。……無理もない。徒士頭と用人が結託して年寄を殺すなど、思いも寄らないことだからな」

そこで、柴山は一息ついてから、さらに話をつづけた。

「だがな、口上書と上申書をお見せすると、ご城代はしばらく黙っておられたが、事実のようだと仰ったのだ」

柴山によると、伊勢崎はしばらく考え込んでいたが、家老の意見も聞いた上で殿に言上《ごんじょう》して沙汰《さた》を下したいと話したという。国元には、城代家老の下に家老もいたのだ。

「ただ、ご城代は気になることも口にされた」

柴山が眉を寄せて言った。

「どのようなことですか」

山村が訊いた。

「昨日、国元の用人の須賀さまが城内でご城代と会われ、江戸から目付筋の者たちが勝手に捏造《ねつぞう》した書状を持って、国元に来ていると話したらしいのだ」

「須賀が、先に手をまわしたのか」

思わず、泉十郎が声高に言った。

「そうみていいな。……だがな、ご城代は、わしが持参した書状を見てわれらの言い分を信じてくれたようだ」

柴山が話すと、座敷にいた男たちの顔に安堵《あんど》の色が浮いた。

次に口をひらく者がなく、座敷は静寂《せいじやく》につつまれていたが、

「他にも、懸念がある」

と、柴山がその場にいる泉十郎たちに目をやって言った。

泉十郎たちは、黙したまま柴山の次の言葉を待っている。

「ご城代が殿にまで話を持っていって、裁断が下るまでにはかなりの日数がかかる。この間、須賀どのと増川が座視しているとは思えぬ」

柴山が言った。

「どのような手を打つとみておられますか」

山村が訊いた。

柴山は、「そうだな」と呟《つぶや》いて、いっとき口をつぐんでいたが、

「この屋敷を襲い、われらを殺すかもしれぬ」

と、顔を厳しくして言った。

「まさか、そこまでは……」

山村は、次の言葉を出せなかった。

「何をするか分からぬが、増川や須賀どのは、われらに対して何か手を打つはずだ」

柴山が語気を強くして言った。

7

泉十郎や山村たちは、増川や川添に沙汰が下されるまでの間、柴山家の屋敷に逗《とう》留《りゅう》することになった。

ただ、柴山の登下城時は、屋敷から出て供につくことにした。また、柴山が登城した後、下城するまでの間は、須賀の屋敷近辺に出向き、増川や忍者たちの動きに目を配るつもりだった。

泉十郎たちが、柴山家に逗留するようになって五日過ぎた。この間、増川や忍者た

ちに特別な動きはなかった。

この日、柴山は下城した後、

「どうやら、増川も須賀どのも、おとなしく沙汰が下りるのを待っているようだ」

そう言って、表情を和《やわ》らげた。

「柴山さま、増川たちがこのまま手を引くとは思えません。沙汰が下りるまでは、用心してください」

山村が進言した。

「いずれにしろ、ちかいうちに、何か沙汰があろう。それまでは、用心するか」

柴山は、早めに休めよ、と言い残して腰を上げた。泉十郎や山村たちは、用心のため交替で夜通し起きていたのだ。

その夜、子《ね》ノ刻（午前零時）ごろであろうか。泉十郎は、座敷に近付いてくる足音で目を覚ました。

……植女か！

植女が座敷に近付いてくるようだ。今夜は、植女が夜通し見張る番であった。植女も忍びの術を心得ているので、ほとんど足音をたてないのだが、足早な音が聞こえた。ひどく、急いでいるようだ。

スルスルと座敷の障子があいて、植女が顔を出した。

「どうした植女」

泉十郎が声を殺して訊いた。

「敵だ! 忍者が、四、五人、屋敷に侵入してくるぞ」

植女が、築地塀を越えて侵入する忍者の姿を目にしたことを言い添えた。

「山村どのたちも、起こすぞ」

泉十郎は、座敷で寝ている山村、岸崎、それに家士の笹野を起こした。三人は目を覚ますと、すぐに事情を察知したらしく、何も訊かずに枕元に置いてあった刀を手にして立ち上がった。三人の身装は、裁着袴と小袖だった。すぐに闘えるような身支度で寝ていたのだ。

「敵だ。築地塀を越えて侵入した」

植女が小声で言った。

「敵が踏み込んでくるのは、どこだ」

山村が訊いた。

「庭にまわったようだ。……庭に近い座敷から、踏み込んでくるな」

「よし、岸崎、笹野、おれといっしょに濡れ縁のある座敷へ来てくれ」

すぐに、山村が岸崎と笹野を連れて庭に面した座敷にむかった。座敷に踏み込んできた敵を討つのである。

泉十郎と植女は、玄関脇の戸口から外に出た。そして、足音を忍ばせて庭にむかった。ふたりの装束は闇に溶ける柿《かき》色をしていた。ふたりは、まったく足音をたてずに庭まで来た。庭といっても、松や梅などが植えてあるだけで、庭石や池などはなかった。月明かりのなかに、松や梅の枝葉が黒くくっきりと見えている。

「あそこだ」

植女が声を殺して言い、濡れ縁の方を指差した。

ふたりの男が、濡れ縁に上がろうとしていた。ふたりとも刀を手にしていた。刀身が、月明かりを映じて青白くひかっている。

他のふたりは、濡れ縁の前にいた。まだ、刀を手にしていなかった。屋敷内に侵入してから抜くつもりなのかもしれない。

四人ともその身支度から、忍者と分かった。

「いくぞ」

泉十郎が声を殺して言った。そして、足音をたてないように忍び足で濡れ縁に近付いていく。

植女は泉十郎の後ろにつづき、刀の柄に右手を添えていた。居合で抜く体勢をとっている。

縁先に上がった忍者のひとりが、そろそろと障子をあけた。座敷は闇につつまれている。忍者のひとりが、足音を忍ばせて座敷に踏み込んだときだった。ふいに畳を踏む音がし、闇のなかで刀身がかすかにひかった。

ギャッ！と悲鳴を上げ、踏み込んだ忍者のひとりが、よろめきながら濡れ縁から出てきた。筒袖が肩から胸にかけて斜に裂けている。座敷に身をひそめていた山村たちの斬撃を浴びたらしい。

縁先にいた別の忍者は、すばやい動きで庭に飛び下りた。そこへ、まだ庭にいたふたりの忍者が近寄り、懐《ふところ》から棒手裏剣を取り出すと、座敷の障子にむかってつづけざまに打った。

「引け！　手裏剣だ」

座敷のなかで、山村の声がした。

さらに、三人の忍者は棒手裏剣を打ちながら、濡れ縁に上がろうとした。座敷内に踏み込んで、山村たちを討つ気らしい。

そこへ、泉十郎と植女が、三人の忍者の背後から走り寄った。ふたりは、すでに抜き身を手にしていた。その刀身が月光を反射《はね》て、銀蛇《ぎんだ》のようにひかっている。

「後ろから、敵だ！」

忍者のひとりが、声を上げた。

別のひとりが棒手裏剣を手にし、泉十郎にむかって打とうとした。

「遅い！」

泉十郎は声を上げざま忍者に接近し、刀を袈裟《けさ》に払った。一瞬の太刀捌《たちさば》きである。

切っ先が、棒手裏剣を打とうとして右手を上げた忍者をとらえた。

ザクリ、と肩から胸にかけて筒袖が裂け、忍者は棒手裏剣を手にしたままよろめいた。あらわになった忍者の胸から血が奔騰《ほんとう》し、筒袖が闇のなかで赤黒く染まった。

忍者は苦しげな呻き声を上げてよろめき、松の根元まで行ってうずくまった。それ以上、動けなくなったらしい。

8

このとき、植女は別の忍者と対峙《たいじ》していた。忍者は棒手裏剣を手にしていた。植女は刀の柄に右手を添え、居合の抜刀体勢をとっている。

ふたりの間合は、五間（約九メートル）ほどもあった。植女の寄り身がいくら速くても、忍者まで切っ先がとどかない。

植女は居合の抜刀体勢をとったまま、するすると忍者に近寄った。

忍者は短い気合を発し、棒手裏剣を植女にむかって打った。

刹那《せつな》、鋭《するど》い気合を発し、植女が居合で抜きつけた。稲妻《いなずま》のような閃光《せんこう》が、夜陰を切り裂いた瞬間、棒手裏剣が虚空《こくう》に跳ね飛んだ。植女の居合の一刀が、棒手裏剣を打ち落としたのである。

忍者はさらに懐から棒手裏剣を取り出した。植女は、すばやい寄り身で忍者に迫った。忍者が棒手裏剣を打とうとして右手を振り上げた。その一瞬をとらえ、植女が刀身を袈裟に一閃させた。神速の太刀捌きである。

切っ先が、忍者の肩から胸にかけて斬り裂いた。忍者は棒手裏剣を手にしたまま後ろへよろめいた。

植女は忍者に身を寄せ、再び刀身を袈裟に払った。

切っ先が、忍者の首から胸にかけて深く斬り裂いた。忍者は血を撒《ま》きながらよろめき、足がとまると腰から崩れるように倒れた。忍者は立ち上がろうとしなかった。即死といってもいい。

植女が忍者と闘っている間に、泉十郎はもうひとりの忍者と対峙していた。忍者は刀を手にし、切っ先を泉十郎にむけている。間合が近く、棒手裏剣を取り出して打つ間がなかったようだ。

「刀を捨てろ！」

叫びざま、泉十郎は摺《す》り足で忍者との間合をつめた。忍者は後じさったが、踵《かかと》が庭木の梅に迫り、それ以上退《さ》がれなくなった。

忍者は左右に目をやった。逃げ道を探したらしい。この一瞬の隙《すき》を、泉十郎は見逃さなかった。

イヤアッ！

鋭い気合を発し、踏み込みざま真っ向へ斬り落とした。

一瞬、忍者は手にした刀を振り上げて、泉十郎の斬撃を受けようとしたが、間にあわなかった。

鈍《にぶ》い骨音がし、忍者の額《ひたい》が割れ、血が飛び散った。

忍者は、悲鳴も呻き声も上げなかった。その場に、腰から沈むように転倒した。忍者は地面に横たわり、四肢《しし》を痙攣《けいれん》させていたが、すぐに動かなくなった。絶命したらしい。

闘いは終わった。泉十郎たちは、柴山家の屋敷に忍び込んだ四人の忍者を討ち取ったのである。

このとき、座敷から濡れ縁に出てきた山村が、

「この男、生きてるぞ」

と、声を上げた。生きているのは、部屋に踏み込み、山村たちに斬られて濡れ縁まで出てきた忍者らしい。泉十郎と植女は、濡れ縁に走り寄った。忍者のひとりが苦しげに呻き声を上げ、濡れ縁にうずくまっていた。

泉十郎は忍者の背後にまわると、肩に手を添えて忍者を支えながら、

「しっかりしろ」

と、声をかけた。

忍者は上目遣いに泉十郎を見たが、何も言わなかった。苦しげに顔をしかめただけである。

「うぬに、恨《うら》みはない。今後、われらに手を出さず、山に帰る気があれば、好きなようにしていい」

泉十郎はそう言ったが、忍者は深手だった。出血が激しい。筒袖が肩から胸にかけて、どっぷりと血を吸っていた。長い命ではないようだ。

忍者は泉十郎の話を聞くと、驚いたような顔をして泉十郎を見た。泉十郎が山に帰してやると言ったからだろう。

「うぬらは、なぜ、大目付の柴山さまの命まで狙う」

泉十郎が訊いた。

忍者たちは谷隠流の同門ということだけで、増川や川添に尽くしているのであろうか。泉十郎は、他に何か理由があるような気がしたのだ。

忍者は戸惑うような顔をして、泉十郎を見た後、

「わ、われらを、徒士に取り立ててくれることになっている」

と、声をつまらせて言った。

「徒士に取り立てるだと……。そんな力は、増川にはない。増川は江戸にいられなくなって、国元まで逃げてきた身だぞ」

「どういうことだ」

「増川さまは、国元に逃げてきたわけではない」

「増川さまが国元に戻られたのは、藩の重臣たちに、江戸で戸川さまが殺された経緯を話すためだ」

「どんな経緯だ」

泉十郎が訊いた。

「戸川さまが殺されたのは、藩士のひとりが酒に酔ってやったことで、すでにその藩士は処罰されている。そのことを話すために、増川さまは帰国されたのだ」

「そんな嘘《うそ》を言い立てても、藩の重臣たちが信ずるはずはなかろう」

「い、いや、信じてもらえるはずだ。現に、国元の用人の須賀さまは、増川さまを屋敷に引き取って匿《かくま》っておられる」

忍者の声が、震えている。体に負った傷のせいだろう。

「須賀どのが増川を匿っているのは、増川の言い分を信じたからではなく、谷隠流の同門だからではないのか」

泉十郎は、それだけでなく他の理由もあるとみていたが、あえて訊かなかった。忍者が知っているとは思わなかったからだ。

「そ、そうだ。須賀さまは谷隠流の同門だ。……わ、われらも谷隠流で、増川さまとも須賀さまとも、同門だ」

忍者の声は震えていたが、強いひびきがあった。忍者たちには、増川に対して同門という絆《きずな》もあるようだ。

「何か、訊くことはあるか」

泉十郎が、植女と山村に目をやって訊いた。

「忍者たちは、うぬらの他にも増川の元にいるのか」

植女が訊いた。

「い、いまはいないが、すぐに集まる」

山方や郷士の子弟のなかには、声をかければ集まる者はいくらもいる、と忍者は喘《あえ》ぎながら言った。

植女につづいて、

「増川が連れてきた徒士は、何人いる」

と、山村が訊いた。

「四、五人……」

忍者が、顔を苦しげにゆがめて言った。

それで、泉十郎たちの忍者に対する訊問《じんもん》は終わった。忍者には縄がかけられ、庭木に縛りつけられた。泉十郎たちは、明朝《みようちよう》柴山の指示を仰《あお》いでから、どうするか決めるつもりだった。

だが、翌朝、忍者は死んでいた。泉十郎たちは驚かなかった。忍者の出血が激しかったので、朝まで持たないかもしれない、との思いがあったからだ。

第六章　切腹

1

陽は西の山脈《やまなみ》のむこうに沈んでいたが、まだ上空には青空がひろがっていた。成沢藩の城下は山脈にかこまれた盆地にあったので、陽が沈むのが早いようだ。

泉十郎と植女は、柴山屋敷の座敷でくつろいでいた。このところ、泉十郎たちは柴山家の屋敷で寝泊まりしていた。柴山の登城のおりの警護のためもあったが、屋敷がいつ忍者に襲われるか分からないという懸念《けねん》があったのだ。

玄関先で馬蹄《ばてい》の音がし、男たちの声が聞こえた。柴山が下城したらしい。いっときすると、家士の笹野が座敷に入ってきて、

「柴山さまが、お呼びだ。いっしょに来てくれ」

と、声をかけた。

泉十郎と植女は、笹野につづいて庭に面した座敷に入った。座敷には柴山の他に、山村と岸崎の姿もあった。山村と岸崎は、柴山の下城のおりも供についていたのだ。

「おお、向井どの、植女どの、腰を下ろしてくれ」

柴山が笑みを浮かべて言った。何かいいことでもあったのか、柴山はひどく機嫌《きげん》が

よかった。

泉十郎と植女が腰を下ろすと、

「今日な、ご城代に呼ばれたのだ」

柴山はそう前置きして、城代の伊勢崎と藩主の藤倉能登守が、江戸における増川と川添の悪事について詮議《せんぎ》したことを話し、

「おふたりは、増川と川添が陰で年寄の戸川さま殺しにかかわったと、御判断されたようだ」

と、言い添えた。

「それは、よかった」

泉十郎は驚かなかった。江戸から持参した口上書と上申書を読めば、そう判断すると思っていたからだ。

「ご城代によると、当初殿もご城代自身も、何の関わりもない徒士頭の増川が、戸川さま殺しを画策《かくさく》した理由が分からなかったらしい」

「……」

泉十郎は無言でうなずいた。

「ところが、殿もご城代も、増川の狙いがお分かりになったようなのだ」

「増川の狙いは」

泉十郎が訊《き》いた。泉十郎は、増川の狙いが何なのか、摑めていなかったのだ。

「やはり、後釜だ。増川は川添の跡を継いで、用人に栄進するつもりだったらしい」

「用人に!」

泉十郎が驚いたような顔をした。泉十郎だけではなかった。植女にも山村にも驚きの色があった。

「それが分かったのはな、増川を匿《かくま》っている須賀さまからご城代やご家老に、それとなく増川を川添の後釜に据《す》えるよう、話があったからなのだ」

「そうだったのか」

思わず、泉十郎の声が大きくなった。

「ご城代やご家老も、相手にしなかったようだがな」

柴山が言い添えた。

次に口をひらく者がなく、座敷は静寂《せいじゃく》につつまれていたが、

「それで、増川と川添に下される処罰だが」

と、柴山が声をあらためて言った。

泉十郎たちの視線が、柴山にむけられた。息をつめて、柴山の次の言葉を待ってい

る。

「増川と川添だが、ふたりとも切腹とのことだ」

「切腹……」

泉十郎は、増川と川添に下される処罰は軽くて切腹とみていた。配下の者に指示し、年寄の戸川を殺したのだ。

「増川だがな、一昨日《おととい》、須賀どのの屋敷を出たようだ」

柴山が言った。

「姿を消したのですか」

城下から逃走したとなると、捜すのが面倒だ、と泉十郎は思った。

「いや、須賀家の菩提寺《ぼだいじ》の仙覚寺《せんかくじ》に身を隠しているらしい。……須賀どのが、増川を寺に預けたと言っていいな。増川が罪を恥じて謹慎《きんしん》していることを訴えるとともに、須賀どの自身に、火の粉《ひこ》がかかるのを防ごうとしたのではないかな」

柴山が、もっともらしい顔をして言った。

「それで、須賀さまには、何のお咎《とが》めもないのですか」

山村が腑《ふ》に落ちないような顔をして訊いた。

「いまのところ、謹慎の沙汰《さた》だけらしい。……さらに、此度《こたび》の件の調べによって、閉門なり隠居なりの沙汰が下されるかもしれぬ」

柴山が言うと、山村は納得したようにうなずいた。

泉十郎たちが柴山から話を聞いた三日後、柴山は落ち着きのない様子で屋敷にもどってくると、すぐに泉十郎と植女を呼んだ。

柴山は座敷で泉十郎たちと顔を合わせると、

「どうも雲行きが怪しくなったのだ」

と、眉《まゆ》を寄せて言った。

「何かありましたか」

泉十郎が訊いた。

「増川だがな。仙覚寺で謹慎しているどころか、目付筋の者たちが江戸から持参した口上書と上申書は、自分たちを陥《おとしい》れるための捏造《ねつぞう》だと書いた訴状をご城代に提出したそうだ」

「まさか、そのようなことが……」

藩が増川の訴えを取り入れるはずがない、と泉十郎は思った。

「ご城代は増川からの訴状に目を通されたが、その場に破って捨てたらしい」

当然だ、と泉十郎は思ったが、何も言わなかった。

「増川だが、自分の訴状が取り上げられなかったことを知って、国元から同行した徒士や忍者たちを仙覚寺に集めているらしい」

「……」

「増川は、何をする気なのだ」

泉十郎は、無駄な抵抗だと思った。藩の沙汰に逆らえば、本人だけでなく一族郎党にも累《るい》が及ぶだろう。

「腹を切るくらいなら、討ち死にしたいとでも思っているのか。それとも、江戸にいる川添が何か手を打ってくれるまで籠城《ろうじょう》しているつもりなのか」

柴山はそう言った後、いっとき間を置いてから、

「わしが、増川の討手《うって》を命じられたのだ」

と、表情を厳しくして言い添えた。

2

泉十郎と植女は、僧侶《そうりょ》のように身を変えた。墨染の僧衣を身にまとい、饅頭笠《まんじゅうがさ》を

被《かぶ》って顔を隠している。泉十郎たちは、増川が身を隠している仙覚寺の様子を見てこようと思ったのだ。

泉十郎と植女が柴山家の屋敷を出ると、山村と笹野が待っていた。ふたりは小袖に袴姿の武士体で、網代笠《あじろがさ》を被って顔を隠していた。

「行きますか」

山村が訊いた。山村たちが仙覚寺の近くまで行って、寺のある場所を教えてくれることになっていたのだ。

山村と笹野が先にたって歩いた。泉十郎と植女は、すこし間をとってふたりの後についていく。

山村たちは武家屋敷のつづく通りを抜け、山裾《やますそ》の道に入った。坂道が杉や檜《ひのき》の針葉樹《しんようじゅ》の森のなかを蛇行《だこう》しながらつづいている。

「仙覚寺は、山裾にあります。ここから、すぐですから」

笹野が振り返り、後ろからついてくる泉十郎たちに目をやって言った。

いっとき歩くと、道沿いに寺の山門があった。その先に石段があり、本堂らしき建物が見えた。

「仙覚寺は、ここです」

笹野が、山門の前に足をとめて言った。

山門の先に石段がつづき、その先に本堂があった。本堂の脇に、庫裏《くり》があるらしい。本堂や庫裏のまわりは、杉の森で囲われている。

「ふたりは、ここにいてくれ。おれと植女とで、様子を見てくる」

そう言い置いて、泉十郎と植女は山門をくぐった。ふたりは、辺りに気を配りながら石段を上がった。石段の左右に、杉の森がひろがっている。どこかに野鳥がいるらしく、鳴き声が聞こえてきた。

泉十郎が山門の前まで来たとき、庫裏の方から人声が聞こえてきた。男の声であることは分かったが、何者が話しているか聞き取れなかった。

「庫裏に何人かいるようだ」

泉十郎が声を殺して言った。

ふたりは、足音をたてないように石段を上がり、本堂に足をむけた。そして、本堂の前で合掌《がっしょう》しながら聞き耳を立てた。

……いる！

泉十郎は、庫裏から聞こえてきた話し声から武士がいることを察した。何人かいるらしい。増川と江戸から連れてきた徒士かもしれない。

そのとき、泉十郎は庫裏の脇にひとのいる気配を察知した。それとなく目をやると、男がふたり立っていた。筒袖に、裁着袴姿である。

……忍者だ！

泉十郎は、その姿から忍者と察知した。ふたりの忍者は、泉十郎と植女に目をむけている。泉十郎は合掌をやめると、ゆっくりとした動作で笠の先を摑んですこし持ち上げ、本堂を見上げてから踵《きびす》を返した。ふたりの雲水《うんすい》が、修行の途中で立ち寄ったように見せたのである。

泉十郎は、ゆっくりと石段を下りていく。植女も泉十郎につづいた。

庫裏の脇にいたふたりの忍者は、石段を下りていく泉十郎と植女に目をやっていたが、すぐに庫裏に入った。泉十郎たちを、旅の途中立ち寄った雲水とみたらしい。

泉十郎たちが山門をくぐると、すこし離れた場所で山村と笹野が待っていた。

「歩きながら、話すか」

泉十郎は、どこに忍者の目があるか分からないので、山門の近くから離れようと思ったのだ。

歩きながら泉十郎が、庫裏に徒士と思われる武士と忍者がいるらしいことを話し、

「増川と徒士たちを捕らえるとなると、われらの他に二十人ほどの手勢がいるぞ」

と、言い添えた。増川といっしょにいる徒士の腕のほどは分からないが、忍者は厄《やっ》介《かい》である。

「柴山さまに、お伝えしよう」

山村が言った。

泉十郎たちは来た道を引き返し、針葉樹の森を抜けて山裾の細い道に入った。道沿いの欅《けやき》の樹《こ》陰《かげ》で、女の巡礼が一休みしているのが目にとまった。

……おゆらだ。

泉十郎は足をとめて、草鞋《わらじ》の紐《ひも》を直すふりをした。

そして、植女や山村たちがすこし離れたとき、立ち上がって歩きだした。おゆらは、泉十郎のすぐ後ろについてくる。

「仙覚寺に立てこもった増川を討つつもりですか」

おゆらが訊いた。

「そうだ。いま、様子を見てきたのだ」

「忍びと徒士がいますよ」

「承知している」

「徒士は三人。忍びははっきりしないけど、四、五人いるはずです」

「忍者が四、五人か」

「弓も用意してますよ」

「鉄砲は」

「やはり鉄砲は持ってないようです。谷隠流一門の忍びたちは、そもそも鉄砲を遣わないようですよ。鉄砲はつづけて撃てないから、弓の方が遣いやすいのかもしれない」

おゆらが、歩きながら言った。

「いずれにしろ、敵に弓を遣わせないように闘うしかないな」

泉十郎は、四、五人いる忍者から、一斉に弓の攻撃を受けたら、それだけで味方に多数の犠牲者《ぎせいしゃ》が出るとみた。

「それで、いつ仕掛けるんです」

おゆらが訊いた。

「柴山さまが決めることだが、三日か四日後ではないかな」

泉十郎は、柴山が討手を集めるのに、三、四日かかるとみたのである。

「その日、あたしは見ているだけで、手は出さないつもりだよ」

おゆらが言った。

「そうしてくれ」

泉十郎も、おゆらには闘いにくわわらず、遠くで見ていて欲しかった。

「増川が逃げたら、行き先はつきとめます」

おゆらはそう言うと、路傍《ろぼう》に足をとめた。

泉十郎は、先を行く植女たちを追って小走りになった。

3

泉十郎たちが、増川の身辺にいる者たちの様子を探りに仙覚寺にいった四日後だった。柴山家の屋敷の庭に、二十五人の男が集まっていた。仙覚寺に向かう討手である。泉十郎や山村たちの他に、柴山が集めた目付たちもいた。これから、仙覚寺に身をひそめている増川を討ちに行くのだ。

まだ、屋敷の庭は夜陰《やいん》につつまれていた。上空には、星がまたたいている。明け六ツ（午前六時）までには、半刻（一時間）以上ありそうだった。

「これより、仙覚寺にむかう」

柴山が男たちに声をかけた。

柴山は、小袖に野袴姿だった。黒漆塗《くろうるしぬり》の陣笠《じんがさ》をかぶっている。今日は山間《やまあい》の道を行くこともあって馬は使わず、徒歩で行くことになっていた。

柴山が率《ひき》いる一隊は柴山家の屋敷を出ると、まだ夜陰のなかに寝静まっている武家屋敷のつづく通りを抜け、山裾の道に入った。そして、杉や檜の針葉樹の森のなかの道を仙覚寺にむかった。

森のなかの道をいっとき歩くと、道沿いに仙覚寺の山門があった。柴山たち一隊は、山門の前で足をとめた。

いつの間にか東の空が明らみ、闇が薄れていた。山門の先の仙覚寺の本堂や庫裏が、ぼんやりと見える。

「様子を見てきます」

泉十郎は植女とふたりで石段を上がり、山門をくぐった。そして、山門に身を寄せたまま辺りに目をやった。

まだ、本堂と庫裏は夜明け前の静寂につつまれていた。ただ、朝の早い寺男でも起きだしたのか、庫裏でかすかに物音が聞こえた。他に、人声や物音は聞こえない。

「まだ、眠っているようだ」

植女が小声で言った。

「いや、見張りの忍者がどこかに身をひそめている」

泉十郎は、見張り役の忍者が夜通し、庫裏の周辺に目を配っているとみていた。

「だが、一気に庫裏に踏み込んで、増川を討つにはいい頃合《ころあい》だ」

そう言って、泉十郎は山門から身を離した。

泉十郎と植女は石段を下りて、柴山たちのいる場にもどった。

柴山は、泉十郎たちから庫裏の様子を聞くと、

「踏み込んで、増川を討つのはいまだな」

と言い、そばにいた山村たちに庫裏に踏み込むことを伝えた。

柴山、泉十郎、植女の三人が、先頭にたった。後続の討手たちは足音をたてないように石段を上がり、本堂のある境内《けいだい》に出た。

まだ境内や庫裏のある辺りは淡《あわ》い夜陰につつまれていたが、東の空が明らみ、ぼんやりと庫裏が見てとれた。

戸口の板戸はしまっていたが、流し場があると思われる辺りから明かりが洩《も》れていた。かすかに水を使う音が聞こえる。寺男が朝餉《あさげ》の仕度《したく》を始めたのかもしれない。

庫裏の入り口の板戸は、しまっていた。ただ、鍵はかかっていないはずだ。見張り役の忍者が出入りするし、そろそろ庫裏にいる者たちが起きだすころである。

泉十郎たちは、足音を忍ばせて庫裏に近付いた。

そのときだった。ふいに、庫裏の戸口近くに人影があらわれた。そして、庫裏の戸を開け、「討手だ！　踏み込んできたぞ！」と叫び、すぐに庫裏の脇にまわって姿を隠した。見張りについていた忍者らしい。境内のどこかで泉十郎たちの姿を目にし、庫裏にいる仲間の忍者や増川たちに知らせたようだ。

柴山は忍者にはかまわず、

「踏み込め！」

と、声をかけた。

泉十郎たち一隊は、いっせいに庫裏の戸口にむかった。そして、板戸を開け放った。敷居の先に土間があり、その奥が狭い板間になっていた。人影はない。板間の先に障子がたててあり、人のいる気配がした。そこに座敷があり、人がいるようだ。それも、ひとりではなく、何人もいるらしい。

その障子の奥で、

「敵だ！」

「踏み込んできたぞ！」

と言う声が聞こえ、畳を踏む音や夜具を撥《は》ね除《の》けるような音が響いた。

「踏み込め！」

戸口で、柴山が声を上げた。

泉十郎、植女、山村、それに討手としてくわわった目付たちが、次々に土間から庫裏のなかに入った。

そのときだった。板間の先の障子があき、何人もの人影が動くのが見えた。と、棒手裏剣の飛来する音がした。

「忍者だ！」

叫びざま、泉十郎は飛来した棒手裏剣を刀でたたき落とした。一瞬の太刀《たち》捌《さば》きである。植女は居合で抜刀しざま、棒手裏剣をはじいた。だが、植女の脇にいた目付のひとりが、棒手裏剣を左の二の腕に受けた。くぐもったような呻き声を上げ、目付は左腕を押さえて後じさった。

泉十郎と植女は、すばやい動きで忍者のいる座敷へ踏み込んだ。座敷には、忍者が三人いた。筒袖に、裁着袴姿だった。寝間着でなく、忍び装束《しようぞく》のまま睡眠をとっていたらしい。

泉十郎と植女は座敷に踏み込むと、奥の部屋との間にたててあった襖《ふすま》をあけ、逃げようとした忍者たちの背後に迫り、斬撃を浴びせた。

泉十郎が、ひとりの忍者の肩口から袈裟《けさ》へ――。切っ先が、忍者の肩から背にかけて斬り裂いた。

忍者は呻き声を上げてよろめき、奥の座敷に倒れ込んだ。

植女も、逃げる忍者に居合の抜刀の呼吸で斬りつけた。

切っ先が、忍者の盆《ぼん》の窪《くぼ》辺りをとらえた。血が、激しく飛び散った。首の血管《ちくだ》を斬ったらしい。忍者はよろめき、奥の部屋の畳の上に俯《うつぶ》せに倒れた。首からの出血が、畳を真っ赤に染めていく。

もうひとりの忍者は、隣の座敷に逃げ込んだ。隣の座敷には、三人の武士が寝ていた。三人は泉十郎と忍者たちの闘いの音で目を覚ましたらしく、慌《あわ》てた様子で枕元に置いてあった刀を摑んだ。三人は、増川に従っていた徒士らしい。

「討手だ!」

「増川さま、お逃げくだされ!」

ふたりの武士が、引き攣《つ》ったような声で叫んだ。

4

泉十郎は、後ろから踏み込んできた山村たちの一隊に、

「こやつらを頼む」

と言って、三人の徒士を頼んだ。そして、植女とふたりで、奥の部屋との境にたててあった襖を開け放った。

座敷に、寝間着姿の男がひとり立っていた。大柄だった。四十代半ばであろうか。眉が濃く、眼光の鋭い男だった。だが、動揺しているらしく、体が小刻みに顫《ふる》えていた。

「増川宗之助か」

泉十郎が訊いた。

「う、うぬは、わが藩の者ではないな」

増川が声を震わせて訊いた。

「故《ゆえ》あって、成沢藩の目付たちに助勢している者だ。いまは、成沢藩の目付筋のひとりと思ってもらっていい」

泉十郎がそう言ったとき、山村が近付いてきて、

「増川どの、悪足掻《わるあが》きはせずに、武士らしく腹を召されい」

と、声高に言った。

隣の座敷では、踏み込んできた目付たちと、座敷にいた三人の徒士、それに忍者のひとりとの闘いがつづいていた。だが、いっときすると静かになり、苦しげな呻き声だけが聞こえた。

山村が、

「隣の座敷の四人は、片付いた」

と、血刀を引っ提《ひさ》げたまま言った。

「残るは、ここにいる増川ひとりだな」

そう言って、泉十郎が増川に切っ先をむけた。

「向井どの、ここに柴山さまをお呼びしてもいいが」

山村が、泉十郎に訊いた。

「柴山さまに、検分してもらうか」

泉十郎も、増川が腹を切るところを柴山に見届けてもらいたかった。

「すぐに、お呼びする」

そう言い残し、山村は座敷から出ていった。

いっときすると、山村が柴山を連れてもどってきた。柴山だけでなく、数人の目付たちも一緒である。

柴山は増川の前に立ち、

「それがし、国元の大目付、柴山桑八郎でござる」

と名乗り、さらにつづけた。

「そこもとと国元の用人、川添どのが江戸で何をしたか、すべて明らかでござる。それゆえ、殿よりそこもとには切腹の沙汰が下された。ここまで来たら、武士らしく観念して腹を召されい」

柴山が声高に言った。

「うぬ……」

増川は顔をしかめた。さすがに、ここまで来たら言い逃れできないと思ったらしく、増川は何も言わなかった。

「切腹の仕度をしろ」

柴山が、そばにいた山村たちに指示した。

山村たちは畳に夜具を敷き、その上に増川を座らせた。畳を血で汚さないためと、死体を夜具に包んで運びだすためである。

増川はなかなか夜具の上に座らなかったが、

「増川、腹を切らぬなら、ここで首を落とすまでだ」

と、柴山が声をかけると、観念したらしく夜具の上に座した。

「それがし、介錯《かいしやく》つかまつる」

泉十郎が柴山の脇に立った。

柴山が座敷の脇に置いてあった増川の小刀を手にし、用意した奉書紙《ほうしよがみ》に小刀の柄《つか》の近くを包んで、増川に手渡した。

増川は小刀を手にし、両襟を露《あらわ》にしたが、なかなか切っ先を腹にむけられなかった。体が激しく顫えている。

泉十郎は刀を振り上げ、

「腹を召されい！」

と、声高に言った。

その声で、増川は手にした小刀の切っ先を腹に当てた。だが、小刀を突き刺すことができない。

増川の小刀を持つ手が顫え、切っ先がわずかに腹の肌を切り、血が滲《にじ》んだ。

刹那《せつな》、振り上げた泉十郎の刀が一閃《いつせん》した。

鈍い骨音がし、増川の首が喉皮だけを残して前に垂れた。その瞬間、増川の首から血が赤い帯のように飛んだ。

心ノ臓の鼓動に合わせて血が何度か飛び散った後、首から赤い筋を引いて垂れるだけになった。心ノ臓がとまったのである。

「死んだ」

そうつぶやいて、泉十郎は右の掌《てのひら》を拝むように顔の前に立て、増川の死体に頭を下げてから身を引いた。

柴山は凄絶《せいぜつ》な斬首を目《ま》の当たりにして、いっとき言葉を失っていたが、

「見事な介錯だった」

と、泉十郎に声をかけた。そして、近くにいた山村や目付たちに、念のため庫裏や本堂に忍者や増川の配下の徒士がいないか見てくるよう命じた。

すぐに、山村をはじめとする目付たちが、庫裏の各座敷や台所などをまわり、生き残った徒士や忍者はいないか見てまわった。

徒士の姿はなかった。庫裏の奥の部屋で、身を顫わせていた住職に話を訊くと、増川が連れてきた徒士は、三人とのことだった。三人ともここで討ち取ったので、逃走した者はいないことになる。

一方、忍者のことは、よく分からなかった。庫裏にいた三人は討ち取ったが、見張りとして、庫裏の外にいた忍者は逃走した。他にも、寺に出入りしていた忍者がいるかもしれない。

「増川が死んだのだ。生き残った忍者たちは、山に帰るだろう」

柴山が、泉十郎や目付たちに目をやって言った。

5

柴山家の座敷に、柴山をはじめ、泉十郎と植女、それに江戸から国元まで一緒に来た山村たち目付筋の者が集まっていた。

泉十郎たちが仙覚寺に踏み込んで、身を隠していた増川と徒士たちを討ち取ってから十日ほど経っていた。

この日、柴山は昼ごろに城から帰ってくると、家族や家士たちに酒肴《しゅこう》の膳を用意するよう命じたのである。

庭に面した座敷に酒席の仕度ができると、

「さァ、腰を下ろしてくれ」

柴山が、機嫌よく泉十郎たちに声をかけると、泉十郎たちは酒肴の膳を前にして腰を下ろした。

「柴山さま、何かありましたか」

と、山村が訊いた。

「話は、飲んでからだ」

柴山はそう言って、脇に座した泉十郎に酒を注《つ》いだ。

柴山は、泉十郎たちが近くにいる者たちと酒を注ぎあっていっときを飲むのを待ってから、

「今朝な、登城すると、すぐにご城代に呼ばれたのだ」

と、話しだした。

泉十郎たちは酒を飲むのをやめ、柴山に視線を集めた。

「ご城代の話だと、江戸家老の丹沢さまや大目付の倉山どのが、用人の川添を呼んで話を訊いたそうだ」

柴山は、用人の川添を呼び捨てにした。川添の罪が、はっきりしたからであろう。

「川添は当初口をつぐんでいたが、国元で増川の罪状がはっきりし、寺にこもって腹を切ったことを知ると、観念したのか、話すようになったそうだ。……やはり、川添

が背後で増川と結託して、年寄の戸川さまを亡き者にするために徒士の小暮に殺させたらしい」

柴山はそこまで話すと、膳に載っていた猪口《ちょこ》の酒をゆっくりと傾《かたむ》けた。

そして、一息つくと、

「川添は、戸川さまの後釜に座るつもりで、戸川さまを亡き者にしたようだ」

そう言って、溜め息をついた。

次に口をひらく者がなく、座敷は重苦しい沈黙につつまれていたが、

「川添が年寄になった後、増川は川添の跡をついで、用人になるつもりだったようですが、そんなにうまくことが運びますか」

泉十郎の胸の内には、まだすっきりしない思いがあった。

「そのことだがな」

柴山はそう言って、その場にいた男たちに目をやり、さらに話をつづけた。

「増川が国元まで来たのは、江戸で向井どのたちの追及から逃れるためもあったが、別の狙いもあったようだ」

「別の狙いとは」

泉十郎が訊いた。

「増川は、国元で重臣たちとひそかに会い、それとなく川添が年寄になれるように話すと同時に、己が川添の後釜に座れるように頼んだらしい。むろん、あからさまにそのような話はできないので、江戸のことを話しながらそれとなく頼んだようだ」

「増川は、国元のご城代にも会ったのですか」

山村が身を乗り出すようにして訊いた。

「いや、会わなかったようだ。それでは、余りにあからさま過ぎるからな。それに、ご城代もご家老も、増川の話を信じるようなことはないはずだ」

柴山によると、増川がひそかに会ったのは、年寄や用人ではないかという。

山村につづいて柴山に訊く者はなく、座敷が静まったとき、

「それで、江戸の川添には、どのような沙汰が」

と、泉十郎が気になっていたことを訊いた。

「増川と同じように、切腹の沙汰があろうな」

柴山が、静かだが強いひびきのある声で言った。

座敷にいた泉十郎や山村たちは、ちいさくうなずいただけで何も言わなかった。

「いや、切腹より重い沙汰があるかもしれぬ。川添は己の栄進のために、上役を殺させるという大罪を犯したのだからな」

柴山はつぶやくように言って、猪口の酒を傾けた。

その日の酒席は、盛り上がらなかった。これで、事件の始末はついたのだが、重苦しい幕切れだったからだ。

二日後の早朝、泉十郎や山村たち目付は、江戸に帰るために柴山家の屋敷を出た。柴山をはじめ家族の者や家士たちが、表門の前まで見送りに出てくれた。

「そこもとたちのお蔭《かげ》で、此度の件の始末がついた。また、駿河に来るようなことがあったら、ここにも寄ってくれ」

柴山が、泉十郎たちに声をかけた。

「柴山どののお蔭で、うまく事件の始末がつきました。それだけでなく、長い間歓待していただき、お礼の申し上げようもございません」

泉十郎がそう言って柴山に頭を下げると、植女や山村たちも礼の言葉を口にした。

泉十郎たちは柴山家の者や家士たちに見送られて、屋敷を出た。そして、城下を過ぎて、杉や樅《もみ》などの森や雑木林のつづく街道に入った。陽は山並の上に顔を出し、木々の枝葉の間から街道にも射し込んでいた。

泉十郎たち一行は、ときおり街道を行き来する旅人や土地の住人らしい男などと擦《す》れ違った。

「ここから東海道まで、どれほどかな」

歩きながら、泉十郎が山村に訊いた。

「五里（約一九・六キロ）ほどかな」

山村が歩きながら答えた。

「五里か」

泉十郎は驚かなかった。来るとき同じ道を通ったので、この辺りから東海道までどのくらいの距離か、およその見当がついたのだ。

泉十郎が頭のなかで、「おゆらと会ったのは、この街道だったな」と思ったとき、街道沿いの樹陰で休んでいる女の巡礼を目にした。

……おゆらだ！

泉十郎は、胸の内で声を上げた。どうやらおゆらは、この場で泉十郎たちが来るのを待っていたようだ。

植女もおゆらに気付いたらしく、泉十郎に身を寄せて巡礼姿のおゆらに目をやった。苦笑いを浮かべている。

「山村どの、頼みがある」

泉十郎が山村に声をかけた。

「なんです」

山村は怪訝《けげん》な顔をして足をとめた。

「成沢藩の始末もついたし、おれたちは急ぐ旅ではないのだ。……それに、せっかく駿河まで来たのだから、のんびり帰りたい」

泉十郎はそう言った後、山村に身を寄せて、「今夜は、吉原に宿をとりたいのだ」とささやいた。

「吉原に」

山村は口許に笑みを浮かべた。

吉原は、女郎が多いことで知られた宿場である。この街道から東海道へ出て、富士川を越えるとすぐに吉原宿なのだ。山村たちは吉原より先の原か沼津まで行って、宿をとるつもりでいたのだろう。

「おれたちは、先に行くぞ」

そう言って、山村たちは足を速めた。

泉十郎と植女がゆっくり歩いていると、後から巡礼姿のおゆらが近付いてきた。

「おゆら、おれたちを待っていたのか」

泉十郎が訊いた。

「そうですよ。うまく始末がついたし、久し振りで旦那たちとゆっくり旅をしたいもの」

「どうだ。今夜は、吉原にでも宿をとらないか」

「以前、旦那たちと駿河に来たときも、帰りは吉原に草鞋《わらじ》を脱いだわねえ」

おゆらが、植女に肩を寄せて言った。

「そうだったかな。おれは、忘れた」

植女が素《そ》っ気《け》なく言った。

「吉原でいいよ。あたしが女郎になって、植女の旦那を楽しませてあげる」

そう言って、おゆらが肩先を植女の胸に押しつけた。

「今夜は、酒を飲んで早めに寝るか」

植女が白けた顔で言った。

「おゆら、おれのところに忍んできてもいいぞ」

泉十郎が、覗《のぞ》くような目をおゆらにむけた。

「どっちにしようか、迷うねえ」

おゆらは、泉十郎と植女の間で戸惑《とまど》うような顔をして見せた。

はみだし御庭番無頼旅・了

一〇〇字書評

切・り・取・り・線

購買動機（新聞、雑誌名を記入するか、あるいは○をつけてください）	
□（　　　　　　　　　　　　　　）の広告を見て	
□（　　　　　　　　　　　　　　）の書評を見て	
□ 知人のすすめで	□ タイトルに惹かれて
□ カバーが良かったから	□ 内容が面白そうだから
□ 好きな作家だから	□ 好きな分野の本だから

・最近、最も感銘を受けた作品名をお書き下さい

・あなたのお好きな作家名をお書き下さい

・その他、ご要望がありましたらお書き下さい

住所	〒				
氏名		職業		年齢	
Eメール	※携帯には配信できません	新刊情報等のメール配信を 希望する・しない			

この本の感想を、編集部までお寄せいただけたらありがたく存じます。今後の企画の参考にさせていただきます。Eメールでも結構です。

いただいた「一〇〇字書評」は、新聞・雑誌等に紹介させていただくことがあります。その場合はお礼として特製図書カードを差し上げます。

前ページの原稿用紙に書評をお書きの上、切り取り、左記までお送り下さい。宛先の住所は不要です。

なお、ご記入いただいたお名前、ご住所等は、書評紹介の事前了解、謝礼のお届けのためだけに利用し、そのほかの目的のために利用することはありません。

〒一〇一－八七〇一
祥伝社文庫編集長　坂口芳和
電話　〇三（三二六五）二〇八〇

祥伝社ホームページの「ブックレビュー」からも、書き込めます。
http://www.shodensha.co.jp/bookreview/

祥伝社文庫

箱根《はこね》路《じ》闇《やみ》始末《しまつ》　はみだし御《お》庭番《にわばん》無頼《ぶらい》旅《たび》

平成30年 9 月20日　初版第 1 刷発行

著　者　鳥《と》羽《ば》亮《りょう》

発行者　辻　浩明

発行所　祥伝社《しょうでんしゃ》

東京都千代田区神田神保町 3-3

〒101-8701

電話　03（3265）2081（販売部）

電話　03（3265）2080（編集部）

電話　03（3265）3622（業務部）

http://www.shodensha.co.jp/

印刷所　萩原印刷

製本所　積信堂

カバーフォーマットデザイン　中原達治

 ISBN978-4-396-34456-6 C0193